39 delicious stories & living recipes

위로의 레시피

글. 황경신

부산에서 태어나 연세대학교 영문학과를 졸업했다.
『나는 하나의 레몬에서 시작되었다』, 『모두에게 해피엔딩』, 『그림 같은 세상』,
『초콜릿 우체국』, 『슬프지만 안녕』, 『밀리언 달러 초콜릿』,
『세븐틴』, 『그림 같은 신화』, 『종이인형』, 『생각이 나서』 등의 책을 펴냈다.

그림. 스노우캣

고양이 나옹과 함께 살며 단행본과 일러스트 작업을 하고 있다.
『Snowcat의 혼자 놀기』, 『Snowcat Diary』,
『Snowcat in Paris』, 『Snowcat in New York』, 『To Cats』,
『지우개』 등의 책을 펴냈다.

39 delicious stories
& living recipes

위로의 레시피

글. 황경신 그림. 스노우캣

모요사

내 친구 블라디미르 군에게

PART1 UNDER THE RECIPE

PART2 OVER THE RECIPE

PART3 BEYOND THE RECIPE

Part1
Under the Recipe

죽어도 좋아 달걀말이

막막하고 어두웠던 그 시절의 기억 속에
유난히 환한 빛을 내던 아름다운 것이 하나 있었다.
부드럽고 노랗고 따뜻한,
햇살처럼 순한 달걀말이였다.

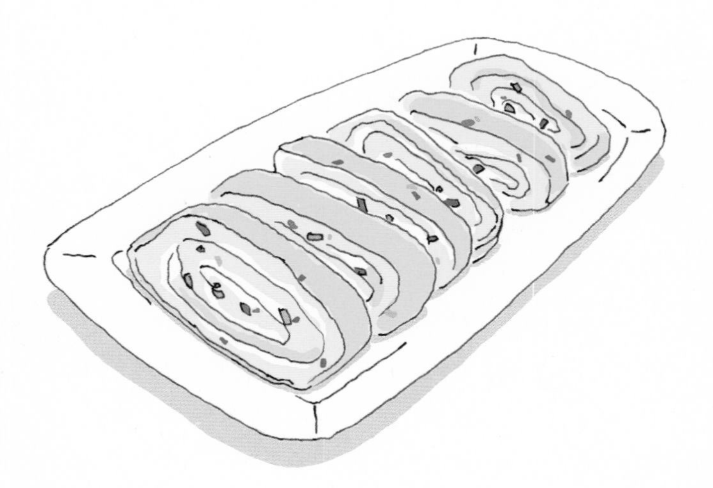

✻ 내가 다니던 대학교 앞에 〈페드라〉라는 이름을 가진, 아주 낡은 주점이 하나 있었다. 로맨틱하고 애틋한 그 이름과 전혀 어울리지 않는 주점으로, 그 역사가 아마 영화 〈페드라〉보다 오래되었을 거라는 믿지 못할 소문도 떠돌았다. 아버지의 아내, 그러니까 계모를 사랑하게 된 한 청년이 근사한 스포츠카를 몰고 바닷가를 달리며 '페~~~드라~~~'를 부르짖다가 비극적인 죽음을 맞이하게 된다는 영화 말이다. 사실 난 그 영화를 제대로 본 적이 없어서, 내가 기억하고 있는 스토리가 틀렸다고 해도 딱히 반박할 말은 없다. 어쩌면 내 기억 속의 스토리는 장중하게 울리던 영화음악에 의해 더욱 극적으로 윤색된 것인지도 모른다.

생각해보면 그 당시 학교 앞에는 어쩐지 묘한 이름의 술집이 꽤 있었다. 〈페드라〉는 고전적인 귀여움을 간직한 〈청실홍실〉, 지금도 무슨 뜻인지 결코 가늠할 수가 없는 〈다리네〉와 함께 우리들의 단골술집이었다. 주점 〈페드라〉와 영화 〈페드라〉의 공통점이 있다면, 이쪽은 술에, 저쪽은 사랑에 목숨을 건다는 것 정도일까.

6·25 시절, 불타는 폐허에서 끌어내온 듯한 낡은 탁자와 의자, 막걸리와 김치 국물 자국이 겹겹이 묻어 있는 컴컴한 벽, 그리고 한쪽 구석에 누워 있다가 우리들이 몰려가면 "꺼내 먹

어!" 하고 고함지르던 아주머니. 깍두기 인심이 좋고 고래고래 노래를 불러도 누가 뭐라 하지 않던 그 주점을, 우리는 종종 행사의 뒤풀이 장소로 이용했다. 물론 아주머니의 끈질긴 구박을 받아가며. 취해서 주정하는 놈은 쫓겨났지만, 취해서 곯아떨어진 놈은 다음 날 해가 뜰 때까지 구석에서 잠자는 것이 허락되었던 곳. '페드라=죽어도 좋아' 식의 낭만적인 사고에 젖어 있던 스무 살 무렵, 서른 명에서 마흔 명쯤 되는 동아리 사람들과 함께 나는 그 시절의 한 모금을 그곳에서 영위했다.

하지만 때는 바야흐로 80년대, 우리의 영롱한 청춘은 시대의 암울함으로 인해 결코 자유롭지 못했다. 젊음이 너무 눈부셨기 때문에 시대는 더욱 어두웠다. 혹은 시대가 너무 어두워서, 우리의 젊음이 더욱 아팠던 것인지도 모르겠다. 어느 쪽이든 꿈과 현실의 엄청난 간극은 우리 어깨를 무겁게 짓눌렀다. 지금도 〈페드라〉를 떠올리면 찌그러진 사발 가득 부어진 막걸리, 동그마니 테이블 위에 올라앉은 깍두기 접시, 목이 쉴 때까지 토론을 벌이다 또 목이 잠길 때까지 노래를 부르던 친구들의 모습이 선명하게 잡힌다.

그러나 〈페드라〉의 무겁고 막막하고 어두웠던 기억 속에서 유난히 환한 빛을 내던 아름다운 것이 하나 있었다. 주머니에 천 원짜리 한 장 챙기지 못했던 가난한 학생들이 수십 명씩 몰려갔으니, 변변한 안주 하나 제몫으로 돌아올 리 없는 자리들이었다. 안주라면 무엇이든 쌍수를 들고 환영했던, 질보다 양을 먼저 생각했던 시절이었다. 하지만 그 시절에도 우리에게는 입맛이라는 것이 있어서, 그곳의 몇 가지 안주들 중 우리의 동경을 한 몸에 받았던 안주가 있었으니, 그것이 바로 달걀말이였다. 뭐 얼마나 특별한 달걀말이였겠는가. 달걀 몇 개 톡톡 깨어 커다란 그릇에 넣고 휘저은 다음, 부드러워지도록 물도 조금 넣고, 적당히 소금으로 간을 하고, 거기에다 양파나 당근이나 파 같은 걸 넣고, 잘 달구어진 프라이팬에 부어, 제법 모양이 잡히도록 도르르 말아, 큼직한 칼로 쑹덩쑹덩 썰어 내놓은 것이다. 그야말로 아주아주 평범한 달걀말이.

생각해보면 가난 때문에 밥을 굶던 시절도 아닌데, 어째서 그런 평범한 달걀말이에 마음이 사로잡혔는지 모르겠다. 어쨌든 우리가 그것을 먹을 수 있는 날은 일 년에 한두 번 정도로, 일찌감치 대학을 졸업하고 직장을 다니며 돈을 벌고 있는 선배 두세 명이 한꺼번에 모교를 방문하는 날이었다. 몇 월 며칠에 방문하겠노라고 미리 일러주는 것도 아닌데, 그런 날은 대체로 낌새를 알아차리고 동아리 회원 대부분이 술자리에 참석하는 놀라운 일이 벌어진다. 메신저나 트위터는커녕 삐삐도 휴대폰도 없었던 시절이었음을 기억하기 바란다. 월급을 받는다는 이유 하나만으로 우리에게 하염없는 존경을 받았던 선배들은, 그렇게 모여든 어여쁜 후배들을 위해 인심 한번 쓴다는 식으로 달걀말이 한 접시를 시켜주곤 했다. 그러나 고작 달걀말이 한 접시를 누구 코에 붙이겠는가. 접시가 깨끗이 비워지는 데 걸리는 시간은 대략 0.5초. 탁자 위에 놓이자마자 엄청난 활극이 벌어지는 것이다. 잠시 한눈을 팔다가 한 점도 집어 먹지 못한 나는, '이다음에 돈 많이 벌면 〈페드라〉에 와서 달걀말이 한 접시를 시켜 혼자 다 먹어야지' 하고 입술을 깨물며 번번이 야무진 다짐만 해야 했다.

세월이 흐르고, 그때 나와 함께 전투를 치르던 친구들도 졸업한 지 오래지만, 우리는 지금도 가끔 연락을 주고받으며 서로의 안부를 확인하고, 술 한잔 주고받으며 그 시절을 회상한다. 언젠가 그런 자리에서 재미있는 사실 하나를 발견했는데, '이다음에 돈 벌면 혼자 〈페드라〉에 가서 달걀말이를 사먹어야겠다'는 생각을 한 사람이 나 혼자만은 아니었다는 것이다.

하지만 우리는 〈페드라〉에 가서 달걀말이를 먹는 대신, 삼겹살을 구워 먹거나 광어회를 먹으며 그때 이야기를 나눈다. 어쩌면 우리들은 알고 있는 걸까. 지금 와서 아무리 맛있는 달걀말이를 혼자 다 먹는다 해도, 그 시절에 먹었던 한입의 달걀말이보다 맛있을 수 없다는 것을. 그 생각을 하면 조금 쓸쓸해진다. 불확실한 미래에 대한 애틋한 갈망, 알 수 없는 분노, 그리고 사랑을 공유하고 있던 그 시절의 우리는 이미 사라졌다.

그래도 나는 가끔 집에서 달걀말이를 만들어본다. 이유는 알 수 없지만 달걀말이 속에는 그 시절의 한 조각이 녹아 있는 것 같다. 그러나 죽었다 깨어나도 그 시절 〈페드라〉의 달걀말이를 다시는 맛볼 수 없을 것이라는 생각이 들어, 나는 막연한 기분으로 젓가락을 떨어뜨리곤 한다. 죽어도 좋아, 라는 절박함, 무엇엔가 목숨을 걸 수 있다는 애절함은 사라졌다. 단 한 번의 청춘과 함께.

수제비 속에 녹아 있는 것

그해 여름에 엄청난 비가 쏟아졌다.

그 작은 섬은 물속에 잠겨버렸다.

적어도, 그날 밤의 우리는 그렇게 생각할 수밖에 없었다.

밀가루

✻ 2박3일의 일정으로 서해에 있는 작은 섬을 찾아간 것은 대학 4학년의 여름이었다. 함께 간 동아리 회원들은 열 명 정도. 서해에 있는 섬이라고 해도 인천부두에서 한두 시간 남짓 떨어진, 용유도라는 이름의 조그마한 곳이었다.

나는 다른 일행들보다 하루 늦게 합류했는데, 배에서 내리자마자 빗방울이 떨어지기 시작했다. 본격적인 장마가 시작된 것이다. 여행날짜를 정할 때 누군가 장마가 곧 시작될 거라는 언급을 하지 않은 것은 아니었다. 그러나 아무도 그 이야기를 귀담아듣지 않았다. 비가 오나 눈이 오나 바람이 불거나, 그런 것이 도대체 문젯거리나 되겠는가. 불타는 여름에 청춘을 불태우겠다는 젊음만이 우리의 것이었다. 비바람은 오히려 환영이었다. 그렇게라도 식히지 않으면, 태양까지 날아가 장렬하게 타버릴 것만 같았던 시절이었으므로.

그날 저녁에는 바다와 인접해 있는 민박집 처마에 옹기종기 모여 앉아, 빗소리를 벗 삼아 술을 마셨다. 누구도 쏟아지는 비 따위는 걱정하지 않았다. '검푸른 바다 위에 비가 내리면 어디가 하늘이고 어디가 물이오'라는 김민기의 〈친구〉를 비장하게 부르며 우리는 바다와 비와 술에 취해갔다. 어디가 하늘이고 어디가 뭍인지 온몸으로 알아보기 위해 한두 명씩 바다를 향해 걸어 들어갔던 것도 기억난다. 비가 어찌나 쏟아졌던지, 몸을 적시는 것이 비인지 바닷물인지도 알 수 없었다. 빠져 죽기 직전에 몸을 돌린 것은 생존 본능이라기보다 걱정 많은 몇 사람의 잔소리 덕분이었다.

새벽이 다 될 무렵에야 주섬주섬 방 안으로 들어간 우리는, 흠뻑 젖은 옷을 갈아입고 아무렇게나 쓰러져 잠이 들었다. 누군가 방문을 세차게 두드린 것은 아직 날이 밝기 전이었다.

"일어나! 학생들! 일어나봐! 큰일 났어!"

그나마 잠귀가 밝은 내가 꿈인가 생시인가 하고 눈을 비비며 일어났을 때까지, 상하좌우로 널브러진 이들은 떼창으로 코를 골고 있었다. 눈을 뜬 나는 기겁할 수밖에 없었다. 바닥에 물이 차올라 기껏 갈아입은 옷이 다시 흠뻑 젖어 있었던 것이다. 허겁지겁 문을 여니 민박집 주인아주머니가 기가 막힌다는 표정을 하고 서 있었다.

"학생들! 어쩜 이런 상황에서 여태 자고 있는 거야? 어서 일어나서 대피해! 산 위로 올라가야 해!"

아닌 밤중에 홍두깨로 맞이한 천재지변 앞에서 허둥지둥 짐을 챙겨 들고 나와 보니 시커먼 장대비가 땅 위에 내리꽂히고 있었고, 사방은 어둠에 가려 아무것도 보이지 않았다. 플래시를 든 누군가의 인도에 의해, 우리는 앞사람의 옷자락을 잡고 줄줄이 사탕처럼 아무것도 보이지 않는 산속으로 접어들었고,

"이젠 틀렸어" 하고 중얼거리던 중 마침내 작은 불빛이 켜진 집에 도착했다. 그것은 생명을 약속하는 희망의 불빛이었다. 희망의 집으로 입성하여 서로의 생사를 확인한 우리는 여전히 위협적으로 쏟아지는 빗소리를 들으며 상황을 파악하기 위해 이성을 끌어 모았다. 그리고 이런 결론에 도달했다.

'이 희망의 집은 이 섬에서 가장 높은 곳에 있으며, 나머지 집들은 모두 물에 빠져버렸고, 우리만 용케 살아남은 것이다.'

그러나 다음 날 아침, 우리의 상상은 참으로 터무니없는 것이었다는 사실이 밝혀졌다. 우리가 묵었던 민박집은 그 섬에서 가장 저지대에 위치하고 있었고, 폭우가 쏟아졌을 때 물에 잠긴 집은 섬 전체에서 그 집 하나였던 것이다. 어찌되었거나 (우리에게만 닥친) 천재지변에서 살아남은 기쁨도 잠시, 우리는 더욱 큰 시련을 맞이해야 했다. 예정대로라면 서울로 돌아가는 날인데, 섬과 인천부두를 오가는 배의 운행이 중지된 것이다.

"언제쯤 정상 운행될까요?"

이렇게 바보 같은 질문에 대해, 매우 합리적인 대답이 들려왔다.

"비가 그치면."

우리는 2박3일 일정으로 그곳에 갔기 때문에, 식량도 회비도 2박3일이 지나면 똑 떨어지게 되어 있었다. 그리고 2박3일은 끝났다. 인천으로 돌아갈 뱃삯만 달랑 남은 것이다. 그 시절 인천바다 건너편의 작은 섬에 현금인출기가 있을 리도 없고, 있다 해도 가난한 대학생에게 카드가 있을 리 없었다. 작은 방에 모여 앉아 머리를 맞대고 대책을 강구하던 중, 비장한 표정으로 회장이 선언했다.

"비상금. 우리가 살 길은 그것밖에 없다. 비상금을 꺼내자. 내가 솔선수범하겠다."

그가 주머니 깊은 곳에서 부스럭부스럭 꺼낸 돈은 무려 3만 원. 우리는 박수를 퍼부으며 회장을 연호했고 분위기는 순식간에 환해졌다. 회장의 자발적 선행에 감동을 받은 우리도 주머니에 감춰놓은 비상금을 꺼냈다. 이래저래 5만 원 정도가 모였다. 하지만 그 돈으로 며칠을 버텨야 하는 건지 알 수가 없었다. 우리에겐 텐트도 없었고, 비가 계속 오고 있으니 노숙을 할 수도 없었다. 우리는 짐을 꾸려 섬에서 가장 싼 민박집으로 숙소를 옮기고, 비좁은 방에 앉아 먹고살 대책회의를 시작했다. 숙박비를 생각하면 아무것도 사먹을 수가 없었지만, 그래도 살기 위해서는 뭔가를 먹어야 했다. 가격 대비 효율성을 진지하게 고민한 끝에, 우리는 가게에서 밀가루 한 봉지를 샀다.

좁은 방에서 어깨를 맞대고 앉아, 버너에 불을 붙이고, 코펠에 물을 받아 팔팔 끓이고, 밀가루 반죽을 조금씩 뜯어 넣고,

소금으로 간을 하고, 그렇게 만들어진 수제비. 도대체 무슨 맛이 있었겠느냐마는 나는 지금도 그 뜨거운 국물 맛과 부드러운 밀가루의 맛을 기억해낼 수 있다. 그것은 아주아주 슬픈 날, 눈물을 펑펑 흘리고 난 후, 누군가가 잡아준 따뜻한 손처럼 다정했다. 근본적으로 해결된 문제는 아무것도 없었으나, 우리는 폭신한 이불에 싸인 아기처럼 순해져서, 그날 밤 어느 때보다 특별하고 소중한 이야기들을 나누었다.

물과 밀가루와 소금으로 만든 그 초라한 수제비 속에는, 비바람 치는 날 동굴 속에 웅크리고 모여 앉아 서로의 털을 골라주는 아기곰들의 천진한 우정 같은 것이 녹아 있었다는 생각은, 오랜 시간이 흐른 후에 떠올랐다.

제대로 된 수제비를 만들기 위해서는 꽤 긴 시간과 노력이 필요하다. 냄비에 물을 가득 붓고 무, 다시마, 멸치를 넣어 국물 맛을 우려내야 하고, 밀가루에 물과 소금과 식물성 기름을 섞어 골고루 치대면서 반죽을 해야 한다. 반죽은 여러 번 치댈수록 탄력이 붙어 쫄깃쫄깃해진다. 유명한 수제비 전문점에 가보면 그 집의 간판격인 아주머니나 할머니가 하루 종일 반죽을 치대고 있는 모습을 볼 수 있다. 주방에서는 물론 하루 종일 국물이 끓어오르고 있다. 수제비 안에 뭘 넣을지는 넣는 사람 마음이다. 바지락이나 재첩 등을 이용하면 개운하고 시원한 맛이 난다. 감자, 호박, 양파, 파 등의 채소도 잘 어울리고 김치를 풀어 얼큰한 맛을 즐기는 사람도 있다. 수제비는 가난한 이들의 양식이었고, 그래서 소박하다. 긴 시간을 들여 만들어내는 음식이고, 그래서 깊다.

그 시절의 추억 탓인지 비가 오는 날에는 어쩐지 수제비를 먹어줘야 할 것 같은데, 집에서 만들기에는 좀 번거롭다 싶어 슬리퍼를 끌고 문을 나선다. 전철역 앞에 있는 오래된 수제비 전문점에서 바지락 수제비 한 그릇을 주문한다. 모락모락 솟아오르는 하얀 김 속에 그리운 얼굴들이 어른거린다. 아무 예고 없이 시시때때로 쏟아지는 삶의 폭우 속에서, 어느 날 갑자기 섬에 갇혀버리면, 나는 누구와 함께 또 그렇게 다정한 수제비를 나눠 먹을 수 있을까. ♠

아빠의 김치밥국

창문 너머로 춥고 캄캄한 밤이
한껏 게으름을 부리며 느릿느릿 지나가는 겨울이면,
아빠는 소매를 걷어붙이고 부엌으로 들어가
보글보글 밥국을 끓이셨다.
김치와 쌀알이 경계를 풀고 흐물흐물 뒤섞여 있는
밥국 속에 숟가락을 집어넣으면,
어쩐지 숙제 같은 건 해가지 않아도
세상은 잘만 돌아갈 텐데, 하는 생각이 드는 것이다.

* 나의 아버지는(나는 '아빠!'라고 부르고 있지만) 전형적인 '경상도 싸나이'시다. 부산에서 태어나 줄곧 부산에서 자란 스무 해 동안, 나는 모든 남자들이 우리 아빠 같은 줄 알았다. 그러다가 대학에 올라와 서울을 비롯한 각지 출신의 남자들을 알게 되면서, 이런 생각은 한꺼번에 무너져 내렸다. 여자들보다 더 여리고 약한 남자들도 세상에는 많다는 것을 알게 된 것이다. 세월이 흐른 지금에는, 결국 남자건 여자건 다 마찬가지로 비슷비슷한 어려움을 겪으며 비슷비슷한 마음을 껴안고 살아가는 것이라고 생각하지만.

어쨌든 전형적인 '경상도 싸나이'인 우리 아빠는, 웬만해선 부엌 출입을 하지 않으신다. 아빠가 부엌에 들어가실 때의 목적은 딱 한 가지, 신선한 생선을 손질하기 위해서이다(회를 뜬다고 하지요). 아빠는 어릴 때 바닷가에서 자라셨기 때문에 생선에 대해 일가견이 있으시다. 아빠의 고향인 구룡포 앞바다가 아빠의 놀이터였다고 한다. 바다 안에서 자라나는 온갖 해산물들, 그러니까 전복, 소라, 성게 등을 따면서 놀았다는 것이다. 멍게와 해삼은 지천으로 널려 있어서 거들떠보지도 않았다는 이야기도 들려주셨다(내가 해삼과 멍게를 돈 주고 사먹었다고 말씀드리자, 아빠는 깜짝 놀라셨다).

바다에서 사는 것들만 좋아하시는 아빠는, 닭고기, 돼지고기는 물론이고 쇠고기가 들어간 미역국도 드시지 않는다(그래서 엄마랑 나는 둘이서 손잡고 시장에 가서 순대랑 통닭 같은 것들을 사먹곤 했다). 당연히 우리 집 식탁에는 매일매일 온갖 종류의 생선구이와 생선회와 젓갈 같은 것이 올라온다. 생선회를 뜨는 것은 늘 아빠의 몫이다. 그 분야에서는 아빠가 우리 집 일인자이기 때문이다(그래봤자 남은 사람은 엄마와 나지만).

생선회 이외의 다른 요리를 하는 아빠도 몇 번인가 본 적이 있다. 그 '다른 요리'의 유일한 레퍼토리가 바로 김치밥국이다. 일찌감치 저녁을 먹고 난 겨울밤, 텔레비전의 낮은 소음이 울리는 안방에서 두런두런 이야기 소리가 들린다.

아빠 출출한데……
엄마 저녁 먹은 지 얼마나 됐다고……
아빠 쫌 됐지.
엄마 밥국이나 끓여 드시든지…… (이미 저녁 설거지까지 마쳤기 때문에 오늘 하루 업무는 끝이 났다는 강력한 의사표시다. 이제부터 뭔가를 먹으려면 아빠가 직접 만들어야 한다는.)
아빠 험. 험. 경신아!

이쯤에서 나는 잽싸게 아빠에게 달려가야 한다. 내가 나가 보면 아빠는 벌써 싱크대에서 냄비를 꺼내고 계신다. 우리 아빠의 이상한 습관은, 뭔가를 만드실 때 꼭 나를 옆에 세워두어야 한다는 것이다. 물론 나는 옆에서 거드는 것이 전혀 없다.

냄비에 물이라도 받을라치면 아빠는 손을 휘휘 내저으며 "됐다, 놔둬라" 하고 말리신다. 아빠가 원하는 것은 조수가 아니라, 『아빠는 요리사』의 관객인 것이다. 아빠는 요리를 하시면서 그 모든 과정에 대해 일일이 해설을 곁들이신다. 나는 좀 전까지 읽던 책의 내용을 궁금해하거나 낮에 친구와 한 이야기를 떠올리거나 내일 챙겨 가야 할 준비물 같은 것을 짚어보며 대충대충 아빠의 장단을 맞춘다. 그런 다음 우리 세 식구는 한자리에 모여 아빠의 김치밥국을 먹는다. 아빠가 한 요리는 많이 먹어야 하기 때문에 나는 배가 불러도 또 한 그릇을 더 먹는다.

그 기억을 떠올리며 엄마에게 전화를 건다.

"엄마, 아빠가 해주던 김치밥국, 어떻게 만들지?"

"그건 뭐하게?"

"응. 해먹어보게."

"음…… 쌀 씻어서 불려놓고, 물 끓이다가 멸치 몇 마리 넣고, 멸치 국물 우러나면 거기다 쌀이랑 김장김치 썰어 넣고, 팔팔 끓여서 먹으면 되지."

"그게 끝이야?"

"쌀 대신 밥 넣어도 돼."

"뭐 다른 건 안 들어가? 파나 마늘이나 그런 거?"

"그런 걸 왜 넣어. 김치가 들어가는데. 네 아빠는 고춧가루 많이 넣더라. 얼큰해지라고."

"참기름은?"

"네 아빠는 참기름 싫어하잖아."

대단한 요리를 기대하신 분들께는 죄송하지만, 김치밥국 만드는 법은 이게 끝이다.

그런데 여기서 한 가지 의문이 생긴다. 왜 국밥이라고 부르지 않고 밥국이라고 할까? 이건 아빠도 모르고 엄마도 모른다. 다만 고향이 경상도인 몇 사람에게 물어보니, 그들에게도 모두 '김치밥국'에 대한 추억이 있다는 것이다. 분명 국밥이 아니라 밥국에 대한 추억이. 쌀이나 식은 밥, 김장김치와 멸치 몇 마리만 있으면 만들 수 있는 이 김치밥국은, 겨울밤의 출출함을 채워주는 믿음직한 만인의 야참이었던 것이다. 만들기 쉽고 다른 반찬이 필요 없으며 소화가 잘 된다는 장점도 있다. 얼큰한 밥국을 한 그릇 먹고 나면, 몸이 따뜻해져서 잠도 잘 온다. 그러므로 해야 할 일이 있거나 써야 할 리포트가 있거나 읽어야 할 책이 있는 사람들은 먹고 싶어도 참는 것이 좋다. 멸치 국물의 시원한 맛, 김장김치의 얼큰하고 깊은 맛이 어우러진 김치밥국 한 그릇이면, 긴 겨울밤이 포근하고 또 든든하다. ♠

선생님의 카레라이스

운명처럼 화실의 문을 열었고 운명처럼 한 선생님을 만났다.
선생님은 미소를 지으며 조용하고 다정한 목소리로
나를 맞아주셨다. 지금도 어디선가 카레의 향이 흘러나오면,
기억은 그 시절을 호출한다.
가난했지만 평온했던 그 한철을.

✻ 그림을 배우기 위해 화실을 다닌 적이 있다. 대학교 때의 일이다. 특별한 동기가 있었던 건 아니다. 그저 집으로 가는 길에, 카페라고 추정되는 예쁜 집이 하나 눈에 띄어, 차나 한잔 마시자 하고 문을 열었더니 화실이었다. 딱히 그림을 배울 이유는 없었으나, 이왕 이렇게 된 거, 그림을 배워두어도 나쁠 건 없겠다 싶어 그냥 다니기로 했다. 그게 뭐야, 싶을지도 모르지만 그런 게 나다. 운명이 문을 열어주는 대로, 운명이 등을 떠미는 대로 살아가는 성격인 것이다. 더구나 그때 운명이 내게 열어준 문 안쪽에서는, 내가 좋아하는 테레빈유 냄새가 났다.

그렇게 해서 다니게 된 것치고는, 나는 운이 좋았다. 우선 그 화실은 입시생을 대상으로 하는 곳이 아니어서, 언제나 느긋한 분위기가 있었다. 그리고 싶은 사람은 그린다, 천천히, 아주 천천히, 라는 분위기였다. 게다가 선생님이 너무나 좋은 분이었다. 미술을 전공한 그녀는 졸업 후 화실을 운영하다가 그림을 배우러 온 한 남자와 결혼을 했다. 결혼 후에 남편과 같이 외국으로 나가, 파리에서 일 년, 인도에서 이 년, 하는 식으로 여러 곳을 돌아다니며 그림을 그렸고, 돌아와 다시 화실을 차린 것이었다. 선생님의 남편은 건축을 전공하신 분이어서, 여러 나라의 건축물과 박물관에 보관된 작품들을 찍은 슬라이드를 잔뜩 갖고 있었다. 우리는 가끔 화실에서 슬라이드 상영회를 가지기도 했다. 루브르 박물관도 거기서 처음으로 구경했다.

화실의 학생은 나를 포함해서 네 명 정도였고, 우리는 무엇이든 그리고 싶은 것을 그렸다. 단순히 재능으로만 말하자면, 나는 그림에 재능이 없는 쪽이었다. 고등학교 졸업할 때까지 미술시간이 제일 싫었다. 아무리 열심히 그려도 그려진 것은 내 뜻과 다른 모습을 하고 있었다. 조금 과장해서 말하자면, 내가 그린 정물화나 풍경화는 추상화처럼 보였다. 그러나 재능이 없고 미술 성적이 나쁘다고 해서 그림 자체까지 싫어했던 것은 아니다. 나도 나름대로 이중섭이나 살바도르 달리의 그림에 감명을 받았으니 역시 나름대로 '좋은 그림'에 대한 기준은 있었던 셈이고, '보고 느끼는 것'에 그치는 것이 아니라 '직접 그려보고 싶다'라는 욕구도 내 속 어딘가에서 잠자고 있었던 것 같다.

일 년 남짓 지속된 화실생활은, 어쩌면 내 인생에서 가장 평화롭고 고요한 시간이었다. 수업이 끝나면 바로 화실에 가서 다섯 시간이고 여섯 시간이고 그림을 그렸다. 내가 그린 그림이 추상화가 되건 풍경화가 되건, 그런 건 중요한 게 아니라고 선생님은 가르쳤다. 중요한 것은 내 속에 있는 무언가를 끄집어내어, 그걸 그림으로 표현하는 것이라고. 나는 내 속에 뭐가 있는지 몰랐고, 그래서 뭘 그려야 하는지도 몰랐다. 나의 관심사를 알기 위해 이런저런 질문을 하던 선생님은 내가 시를 쓰고 있다는 사실을 알게 되셨고, 그동안 쓴 시 중에서 몇 개를 골라 그림으로 그려보라고 하셨다.

처음에 나는 유화를 그리기로 했다. 만약 내가 그림을 그린다면 당연히 유화가 어울릴 거라는 생각을 몇 번인가 한 적이 있기 때문이었다. 하지만 나에게는 캔버스도 유화물감도 붓도 없었고 그것을 살 돈도 없었다. 연탄 살 돈으로 화실비를 냈고 생활비도 바닥이었다. 나는 선생님의 그림도구를 빌려(캔버스나 물감의 경우, 빌린다는 말은 이상하지만) 내 생애 최초이자 마지막 유화 하나를 그렸다. 유화는 몹시 폼 나고 멋있을 거라는 기대를 잔뜩 한 탓인지 왠지 실망을 해버린 후, (역시 선생님의 물감과 붓을 빌려) 수채화도 그리고 펜화도 그려보다가 엉뚱하게도 꽂힌 것이 데생이었다.

'석고상과 똑같이 그리는 게 무슨 재미가 있담.'

그림을 시작할 때 누구나 가장 먼저 하게 되는 데생을 싹 무시해버린 건 그런 생각 때문이었는데, 뒤늦게 목탄의 맛을 알게 된 것이다. 내 손 끝에서 다시 태어나고 있는 줄리앙과 하염없는 사랑에 빠져 있다 보면, 어느새 날이 어두워지고 화실 한쪽 구석에서는 밥 짓는 냄새가 나기 시작했다. 선생님은 거의 매일 밥을 지어주셨다. 선생님의 생계수단이라고 해봐야 화실비도 꼬박꼬박 내지 못하는 가난한 네 명의 학생이 전부였는데, 밤늦도록 돌아가지도 않는 학생들을 위해 밥까지 해먹이신 것이다. 선생님의 냉장고 역시 풍족하진 않았다. 그래서 늘 같은 음식이 밥상에 올라왔다. 냉장고에 있는 재료들(양파, 감자, 당근은 물론이고 양배추, 호박, 무, 시금치까지)을 쑹덩쑹덩 썰어 넣고 물을 듬뿍 부어 끓이다가, 카레 한 봉지를 풀어 넣으면 그것으로 완성이었다. 우리는 갓 지은 쌀밥에 '카레국'을 끼얹어 김치와 함께 먹었다. 가끔 선생님이 외출을 하시는 날에는(그 당시 선생님은 뇌성마비 아이들에게 그림을 가르치고 계셨다. 그래서 일주일에 한두 번쯤 화실을 우리에게 맡겨두고 아이들에게 가시곤 했다), 우리끼리 쌀통과 냉장고를 뒤져 밥을 지어 먹기도 했다.

희미한 유화물감의 냄새가 감도는, 세상과 완벽하게 격리된 것 같은 그 공간 안에서, 목탄가루와 물감이 묻은 손으로 먹던 따뜻한 밥과 카레. 그때 화실은 나에게 너무나 벅찼던 세상 속에서 숨을 쉬게 해주었던 단 하나의 공간이었고, 선생님의 카레라이스는 벅찬 삶을 위무하는 고요하고 평화로운 온기였다.

『해피』라는 만화를 보면, '카레는 사흘째 되는 날이 제일 맛있다'라는 말이 자주 나온다. 주인공은 너무너무 가난하여, 언제나 동생들에게 카레만 만들어준다. 오늘은 카레라이스, 내일은 카레우동, 모레는 카레라면…… 동생들이 또 카레냐고 불평을 하면, 주인공은 늘 '사흘째 카레'의 참맛을 부르짖는 것이다. 이 말에는 충분히 신빙성이 있다. 카레는 오래 끓일수록 뭉근하고 은근한 맛이 배어 나와 한층 맛있어지기 때문이다.

수십 가지 향신료가 들어가는 카레가루는 집에서 만들기 힘들지만, 시중에서 파는 카레가루도 좋은 맛을 낸다. 삶은 당근을 싫어하는 나는 보통 감자와 양파, 닭고기(안심 또는 가슴살)를 썰어 넣고 꿀과 소금으로 밑간을 하여 올리브오일에 볶다가 물을 붓고 끓인다. 재료가 익으면 카레가루를 풀어 넣고, 양파와 사과를 갈아 섞은 다음 잘 저어주면 맛이 한결 진해진다. 먹다 남은 카레를 데울 때는 물 대신 우유를 넣어주면 고소한 맛이 살아나서, 전날의 카레보다 훌륭해지기도 한다.

가끔 선생님의 카레라이스가 그리울 때, 그러니까 보다 부드럽고 보다 다정한 것이 생각날 때는 냉장고에서 뒹굴고 있는 채소들을 대충 긁어모아 물을 잔뜩 붓고 끓이다가 카레가루를 풀어 넣기도 한다. 그렇게 만든 카레에서는 물감과 인도, 자유와 안식의 향이 난다. ♠

라면은 정말 이상해

밤은 쓸쓸하고 외롭고 심심하고 배고프다.

뭔가 맵고 달고 짠 것을 원한다.

맵고 달고 짠 것은 라면 속에 있다.

그래서 우리는 밤마다 라면을 끓인다.

우 우 우

✽ "이상하지요? 밤이 되면 왜 라면이 먹고 싶어지는 걸까요?"

"……라면의 수프 속에는 고분자 상태의 망상이 녹아 있어. 밤의 망상은 푹 삶은 상념으로부터 올라오는 수증기 같은 것이 있지. 지구상의 모든 살아 있는 것은 원시 수프에서 태어났어. 그즈음의 기억이 뇌 깊숙이 남아 있어서 그것이 질서 잡힌 생각을 교란시키고 혼돈으로 되돌려 보내지. 밤이 되면 모두들 저 원시 수프로 돌아가는 거야. 라면 수프는 어딘가 원시 수프를 생각나게 해. 드럼통에 푹 삶아 만드는 그 수프를 들여다본 적이 있나? 채소, 향신료, 고기, 뼈, 지방, 어패류…… 나는 때때로 나 자신이 그 안에 들어 있지 않은 것이 이상하게 여겨져."

–시마다 마사히코, 『피안 선생의 사랑』 중에서

이런 말을 하면 많은 사람들이 나를 때려주려고 달려오겠지만, 난 태어나서 지금까지 다이어트를 심각하게 생각해본 적이 거의 없다. 그렇다고 다이어트를 한 번도 해보지 않았던 것은 아니니까, 정말로 달려와 때리지는 않았으면 좋겠다. 언제 어떤 계기로 인해 어떤 방법으로 다이어트를 했는지에 대해, 그 결과 몇 킬로그램을 감량했는지에 대해, 의외로 알아차린 사람이 없으니 그냥 입을 다물어도 되겠지만, 양심상 고백을 하겠다. 조금씩 쪘다가 조금씩 빠졌기 때문에, 가까운 사람들은 더욱 금시초문일 것이다. 살이 찐 이유는 간단하다. 매일 밤 자기 전에 뭘 먹는 습관을 길렀더니, 금세 그렇게 되었다. 살을 뺀 방법도 특별할 것은 없었다. 적게 먹고 운동을 했더니, 차츰차츰 원래 몸무게로 돌아갔다.

원래 몸무게라고 해도, 요즘 시대가 요구하는 날씬한 인간이 될 수는 없지만(키 170센티미터에 몸무게가 40킬로그램이라니, 말이 되는 소린가?), '새도 아니고 인간이라면 이 정도는 되어야지' 하고 나름대로 만족하며 살고 있다. 체질만 놓고 말하자면, 어릴 때 사진을 보아도 포동포동보다 마른 쪽이었다. 성장을 멈춘 이후부터 꽤 오랫동안 몸무게가 제자리를 유지했기 때문에, 체중이 불어나면 옷을 껴입은 것처럼 불편해서 식사 조절과 운동을 하게 된다. 그러나 처음 몸무게가 왕창 불어나기 전까지 '나는 살이 안 찌는 체질'이라고 굳게 믿고 있었기 때문에, 최초의 충격은 꽤 데미지가 컸다.

그때 나는 대학 2학년이었고, 기숙사에서 생활하고 있었다. 노닥노닥 아무 생각 없이 살아가던 중, 어느 날 입고 다니던 옷은 물론이고 끼고 다니던 반지까지 맞지 않게 되었다는 사실을 발견했다. 나로서는 최선을 다해 부정하고 싶었으나 육안으로 확인되는 진실을 감출 수는 없는 법. 어느 날 용기를 내어 체중계 위에 올라선 나는 두세 달 사이에 7킬로그램이 증가한 몸무게를 확인하고 쇼크에 빠졌다. 그런 지경에서도 '이러다 말겠지' 하고 대책 없이 계속 노닥거리다가 여름방학을 맞아 룰루랄라 집으로 내려갔는데, 오랜만에 본 딸이 포동포동해졌다고 좋아할 줄 알았던 엄마와 아빠가 안색을 바꾸는 것이었다. 뭐 하나라도 더 먹이려고 기를 쓰시던 아빠는 식사 때마다 "재 밥 적게 줘!"를 외치고, 엄마는 약국 하는 이모에게서 '먹으면 살 빠진다'는 약을 얻어 왔다. 그 약을 먹었더니 식욕이 제로가 되었고, 그랬더니 세상 살 맛이 나지 않아 우울해졌다. 나는 딱 한 알 먹은 약병을 숨겨놓고, 엄마가 물어보면 "응, 먹었어!"라고 거짓말을 했다. 살이 찌면 세상이 몹시 우울해진다는 사실을 깨달은 나는 드디어 상황 분석에 들어갔다. 결론은 쉽게 났다. 라면 때문이었다.

그때 내가 살고 있던 기숙사는 여학생들만 모여 사는 이른바 '여대생 기숙사'였다. 그 당시 기숙사의 통금시간은 밤 열 시였는데(요즘은 좀 늦춰졌겠지요?), 무슨 일이 있어도 그 시각까지는 기숙사에 들어가야 했다. 열 시에 점호가 끝나고 나면, 식당에서 TV를 보거나 친구들과 수다를 떨거나 혼자 공부를 하거나(설마) 하는 것 외에 별로 할 일이 없다. 그러다가 밤 열두 시가 되면 복도에서 오가는 발소리가 갑자기 분주해진다. 바야흐로 라면타임이 시작된 것이다.

기숙사의 저녁시간은 오후 여섯 시부터 일곱 시 사이, 그로

부터 여섯 시간이 지난 밤 열두 시에 배가 고프지 않은 사람이란 세상에 존재하지 않는다. 이 시간이 되면 아이들은 방마다 비축해두었던 식량을 꺼내어, 층마다 하나씩 있는 조리실로 모여든다(조리실이라고 해도 도시락통을 씻을 수 있는 싱크대, 수도꼭지, 물을 끓일 수 있는 버너 하나가 전부다). 깜박 잊고 라면을 사다 두지 않은 방들은, 다른 방에 가서 라면을 꾸어온다(주로 그 방에서 제일 막내가 하는 일이며, 라면은 다음 날 반드시 갚아야 한다는 불문율이 있다). 그리고 잠시 후 각 방의 중앙에는 라면 냄비가 놓이고, 허기진 우리들이 냄비를 향해 달려드는 풍경이 연출되는 것이다. 아무리 독한 마음을 품고 다이어트를 하는 사람이라 해도, 기숙사 전체에서 풍기는 라면 향기와 친구들의 입맛 다시는 소리를 외면한다는 것은, 살아생전에 도를 깨우치는 것보다 어려운 일일 것이다. 그렇게 라면을 해치우고 나면 밤은 어김없이 깊어져 있으므로, 우리는 얌전히 잠자리에 들어야 한다. 다음 날 아침, 부은 얼굴과 통통하게 오른 살을 확인하며 다시는 밤중에 라면을 먹지 않으리라 이를 갈며 다짐하지만……(이하 생략).

생각해보면 라면을 대신할 한밤의 간식거리는 얼마든지 있었을 텐데, 우리는 왜 매일 밤 라면만을 고집했을까. 여대생답게 과일이나 샐러드를 먹을 수도 있었는데 말이다. 정말이지,

왜 밤이 되면 라면이 먹고 싶어지는 걸까?

밤에 라면을 찾게 되는 이유는 어쩌면 '라면의 완벽함' 때문인지도 모른다. 라면처럼 간단하면서 라면처럼 완결된 요리를 나는 달리 알지 못한다. 라면은 빵보다 뜨겁고 밥보다 맛이 풍부하며 국물과 건더기가 알맞은 비율로 공존하는데다가 맵고 달고 짜고 시원한 맛을 동시에 즐길 수 있다. 그런데 왜 하필이면 밤인가. 그건 밤이 쓸쓸하고 외롭고 심심하고 배고프기 때문이다. 그런 심사를 달래줄 맵고 달고 짠 것을, 우리의 몸이 원하기 때문이다.

라면은 그 자체만으로도 훌륭하지만 거기에 어떤 재료를 첨가해도 어울린다. 김치, 버섯, 콩나물, 고추, 당근, 양파, 햄, 어묵, 달걀, 다진 마늘, 파, 고춧가루, 참기름, 깨소금, 버터, 오징어, 새우, 바지락, 홍합, 일본 된장, 치즈, 우유…… 그야말로 상상력을 얼마든지 발휘할 수 있는 요리인 것이다.

요리를 못하는 사람이라 해도, 라면에 대해서라면 한두 마디쯤 할 말이 있다. 라면의 진수는 찌그러진 작은 냄비에 있다고 말하는 사람도 있고(이런 사람들은 대체로 라면에 다른 재료를 넣는 걸 용납하지 않는다. 달걀이나 파를 넣으면 라면 본래의 맛이 망가진다고 생각하는 것이다), 온갖 화려한 재료를 넣어 다양한 맛을 즐기는 사람도 있다. 취향이고 개성이니 모두들 자기 스타일대로 마음껏 즐기시길 바란다.

아, 그리하여 결국 우리는 밤이 되면 왜 라면이 먹고 싶어지는 걸까. 그러면 안 되는데, 생각하면서도 어느새 라면 봉지를 뜯고 있는 우리 자신을 발견하게 되는 것이다. 라면 하나만 먹으면 세상 근심도 사라질 것 같다. 모든 유혹은 그렇게 시작된다. 그리고 남는 것은 뒤늦은 후회뿐. 돌이킬 수 없는 사태에 이르기 전에, 자제력이라는 것을 조금 꺼내놓아야겠다.

알 게 뭐야 스파게티

머리가 복잡하고 마음이 어지러운 날에는 커다란 냄비에
듬뿍 물을 받아 보글보글 스파게티 국수를 삶자.
그리고 주문을 외우자. 알 게 뭐야, 알 게 뭐야, 알 게 뭐야.

* 무슨 인연인지는 몰라도, 나는 오래전부터 여의도와 인연이 깊었다. 대학 시절에는 〈베스트셀러 극장〉의 스크립터 아르바이트를 하며 MBC를 들락거렸고, 한때는 〈PAPER STATION〉이라는 전대미문의 라디오 방송 때문에 SBS를 들락거렸으며, 또 김창완 선생님이 진행하는 〈아름다운 이 아침 김창완입니다〉를 비롯한 몇 개의 방송에 고정 게스트로 출연하면서 주기적으로 KBS를 들락거렸다. 〈이소라의 프로포즈〉 작가를 맡고 있던 고은경과 나를 주축으로 한 '금요일의 친구들'이 만들어진 것은, 이틀에 한 번 꼴로 SBS를 들락거릴 때였다. 한 다리 건너 알게 된 은지향 PD의 놀라운 아이디어에서 탄생한 〈PAPER STATION〉이 그 발단이었다.

그다지 소문은 나지 않았지만, 〈PAPER STATION〉은 『PAPER』 편집부와 필진들이 DJ와 게스트를 도맡았던 매우 이상한 심야방송이었다. 매일 새벽 한 시부터 두 시까지 생방송을 하다가는 다음 날 출근을 할 수 없을 게 뻔해서, 일주일에 세 번 날을 잡아 녹음을 했는데, 일주일은 7일이므로 금요일에는 세 편의 녹음을 떠야 했다. 그러다보니 녹음을 마친 금요일 저녁에는 와글와글 사람들이 모여들게 되었고, 일부러라도 만나 술을 마시던 우리더러 얌전히 헤어지라고 하는 일은, 방앗간 앞에 모인 참새들에게 강제해산을 명하는 것만큼이나 잔인한 짓이었다.

참새들의 방앗간은 고은경의 작업실로 정해졌다. SBS 바로 옆, 그것도 한강이 내려다보이는 전망 좋은 곳에 위치한 오피스텔을 하필이면 작업실로 삼은 것이 그녀의 죄목이었다. 세 시간의 녹음을 끝내고 대단한 일이라도 해치운 사람들처럼 기고만장해진 우리는, 음식을 바리바리 싸들고 누가 먼저랄 것도 없이 그녀의 작업실로 찾아갔고, 고은경 역시 금요일 저녁의 작업실은 당연히 우리의 손아귀에 떨어지는 것이 마땅하다고 생각하게 되었다. 운 나쁘게 그날 녹음이 없는 이들도 금요일 저녁이 되면 어슬렁어슬렁 여의도에 입성하여, 용건도 없이 전화를 걸어서는 "어디야? 뭐해?"라고 묻곤 했다. 어디서 뭘 하는지 다 알면서 말이다. 그렇게 만난 우리는 서로를 '금요일의 친구들'이라고 불렀다.

누군가의 말을 빌리자면 그곳은 '웬만한 카페보다 훨씬 좋은 카페'였다. 커다란 테이블 위에 먹을 것을 잔뜩 쌓아놓고 수다를 떨다가, 한강 위로 유유히 떠다니는 백조들(물론 소형 보트입니다)도 감상하다가, 흥이 오르면 고은경이 애지중지하던 피아노를 마구 두드려대며 노래를 부르던 시절이었다. 그녀의 작업실을 얼마나 자주 들락거렸던지, 한번은 그녀가 나를 붙잡고 열쇠를 달라고 한 적도 있었다. 내가 주인이라고 착각한 것이다. 난 가끔 그 일을 상기시키며 그녀를 놀려먹곤 하는데, 그때마다 그녀는 '기억나지 않는다'로 일관하고 있다.

그녀의 작업실이 있는 오피스텔 1층에 자리 잡고 있던 〈피자 & 스파게티 전문점〉도 괜찮은 옵션이었다. 우리는 그곳에서 자주 피자와 스파게티를 시켜 먹었는데, 그때마다 나는 호시탐탐 스파게티의 비밀을 캐내고 싶어했다. 그때까지만 해도 나는 집에서 스파게티를 만들어본 적이 없었다. 시중에서 파는 스파게티소스를 이용하면 쉽게 만들 수도 있었지만, 3분 카레, 3분 짜장, 꽁꽁 짜장을 무시하고 미원과 다시다와 백설탕을 경멸하는 도도한 나로서는, 인스턴트식품의 일종인 스파게티소스를 받아들일 수가 없었던 것이다. 게다가 나는 토마토케첩을 절대로 먹지 않는데, 손쉽게 살 수 있는 토마토소스에서는 토마토케첩 맛이 나서 싫었다.

조금 더 제대로 된 스파게티. 내가 원하는 건 그것이었다. 그렇다고 스파게티 면까지 만드는 건 좀 과하다 싶어서, 일단 소스만이라도 만들어보자고 작정을 했다. 요즘이라면 인터넷을 뒤져 쉽게 레시피를 찾아낼 수 있지만, 그때는 요리책을 통해서만 레시피라는 것을 접할 수 있었다. 결국 큰맘 먹고『이탈리아 요리』라는 제목의 요리책을 사서, 내일모레 조리사 자격증 시험을 보는 사람처럼 성실하게 공부를 했다. 이 복잡한 과정을 어떻게 하면 생략할 수 있을지, 이 복잡한 재료들을 어떻게 하면 쉽게 구할 수 있는 것으로 대치할 수 있을지, 관건은 거기에 달려 있었다. 훌륭하고 아름다운 요리도 좋지만 내 직업이 요리연구가도 아닌데, 세상만사 때려치우고 요리에만 전념할 수는 없지 않은가. 간편하게, 빠르게, 재미있게, 쉽게, 그리고 맛있게. 그것만이 살 길이었다.

그러나 정통 '이탈리아 요리'를 만들기 위해서는, 몇 가지 낯선 재료들이 필요했다. 지금은 쉽게 구할 수 있는 재료들이 엄청나게 많아졌지만, 그때만 해도 도무지 알 수 없는 허브들과 알 수 없는 치즈들이 요리책에 언급되어 있었다. 이제는 흔해진 '카르보나라'라거나 이름만 들어도 머리가 지끈거리는 '토마토 레드와인소스 베이컨 머시룸 라자냐' 같은 것을 한참 들여다보다가, 결국 나는 내 멋대로 하기로 마음먹었다. 그래서 붙인 이름이 '알 게 뭐야 스파게티'다.

이 이름의 유래에 대해서는 내가 사랑하는 개 스누피가 잘 알고 있다. 잠시 그의 설명을 들어보자.

"다들 잘 알고 있겠지만 나 스누피는 스포츠에 능하고 소설 쓰기, 피자, 아이스크림을 좋아하는 비글개다. (아니, 자기소개를 하라는 게 아니라……) 뭐라고? 샐리 브라운 얘기를 해달라고? 좋아. 샐리는 나한테 밥을 주는 찰리 브라운의 동생이다. (그러니까 샐리의 인생관을……) 에이 귀찮아. (저기, 귀찮더라도 네가 주인공이니까……) 얘기하잖아. 샐리의 인생관은 한마디로 에이 귀찮아. 샐리의 표현에 따르면 '무슨 상관이야? 알 게 뭐야?' 됐지?"

그렇다. 이 단순하고 무책임하고 시니컬하고 명쾌한 샐리의 인생관에 나는 무척 감명을 받았다. 내가 감명을 받거나 말거나 샐리는 '무슨 상관이야. 알 게 뭐야'라고 말하겠지만. 샐리가 뭘 하든 상관이 없고 알 것도 없다고 했으니, 나는 나의 스파게티에 '알 게 뭐야 스파게티'라는 이름을 붙이도록 하겠다.

스파게티의 기본이 되는 소스는 토마토소스와 화이트소스, 그리고 내가 가장 좋아하는 올리브오일소스다. 올리브오일은 소스라고 할 것도 없이 올리브오일에다 마늘과 허브만 넣어주면 되는 것이니 일단 미뤄두자.

토마토소스의 핵심은 역시 토마토에 있다. 잘 익은 토마토에 살짝 칼집을 내고 뜨거운 물에 데쳐 껍질을 벗겨 사용하면 되는데, 이것마저 귀찮다면 토마토 통조림('홀 토마토'라고도 한다. '토마토 페이스트'는 토마토에 양념이 가미된 것이므로 본연의 맛을 살리고 싶다면 피하는 게 좋다)을 사서 쓰면 된다. 프라이팬에 올리브오일을 두르고 충분히 뜨거워지면 다진 마늘과 다진 양파를 넣어 노릇노릇해질 때까지 볶는다. 여기에 토마토를 넣고(통조림을 땄을 경우에는 함께 들어 있는 즙으로, 그게 아니라면 물로 농도를 조절한다) 대충 으깨어 흐물흐물하게 만든다. 소금, 후춧가루를 뿌리고 약한 불에 조린다. 완성! 이대로도 깔끔한 토마토소스 스파게티가 되지만 새우나 오징어나 베이컨이나 쇠고기 등등 넣고 싶은 것을 무엇이든 넣어 먹으면 더욱 좋다. 파슬리나 로즈마리 같은 허브를 넣으면 금상첨화겠으나 알 게 뭐야~ 없어도 맛있다.

화이트소스 역시 올리브오일을 두르고 다진 양파와 마늘을 넣어 볶는다. 여기까진 토마토소스와 똑같다. 양파가 노랗게 볶아지면 불을 낮추고 우유를 붓는다. 소금, 후춧가루를 뿌리고 마지막에 생크림을 넣어 끓어오르지 않도록 주의하면서 저어주면 완성! 역시 조개라거나 닭고기 같은 걸 따로 익혀서 함께 섞어주면 더욱 좋다. 파르마 산 치즈와 화이트와인을 넣으면 역시 재색겸비겠으나 알 게 뭐야~ 없어도 맛있다.

스파게티 국수는 펄펄 끓는 물에 넣어 삶으면 되는데(젓가락으로 건졌을 때 국수 가락이 축 늘어지면 익은 것이다), 소금과 올리브오일을 끓는 물에 같이 넣어주면 훨씬 부드러워진다. 삶은 국수는 체에 밭쳐서 물기를 빼고 버터를 한 숟갈 넣어 골고루 휘저어주면 서로 달라붙지도 않고 고소해진다. 완성된 소스를 불에서 내리기 전에 삶아낸 국수를 넣고 휘저어 따끈하게 데워주자.

소스만 마스터하면 그다음엔 얼마든지 다양하게 만들어낼 수 있는 것이 스파게티의 매력이다. 이 맛을 한번 들이면 본전 생각이 나서 돈 내고 사먹을 수가 없다. 내 입에 딱 맞는 스파게티는 나만 만들 수 있는 거니까. 내가 가장 좋아하는 스파게티는 올리브오일에 마늘을 볶다가 명란젓갈을 넣고 스파게티 국수와 함께 휘저은 일명 '명란젓갈 스파게티'다. 여기에 파슬리 등의 허브를 넣으면 매우 귀족적이고 우아한 스파게티가 탄생한다. 매콤한 맛이 당기는 날에는 칠리 피클을 다져서 넣고, 고소한 맛을 보고 싶은 날에는 치즈가루를 뿌린다. 이렇게도 간단한 스파게티 한 접시는 마음을 얽어매고 있는 모든 복잡한 일들에 대해 상쾌한 한마디를 날린다. "알 게 뭐야!" ♠

참치통조림 하나면

살아생전에 Y2K 같은 일에 대비해야 할 일이
또 생기지는 않겠지만,
참치통조림은 어떤 상황에서도 든든하다.
지금도 내 주방 서랍 안에는 참치통조림 두 개가 들어 있다.
세상일은 모르는 거니까.

*예나 지금이나 점심시간은 고민시간이다. 나뿐 아니라 직장인들 대부분이 그럴 것이다. 고등학교를 졸업할 때까지는 엄마가 싸주시는 도시락으로 점심을 해결하고, 대학교 때는 학생식당에서 주는 대로 받아먹으면 되지만, 직장을 다니면서부터는 시계가 열두 시를 향해 맹렬히 달려가는 것을 보며 매번 고민을 해야만 한다. 그것도 '오늘은 뭘 먹으면 좋을까? 랄랄라~' 식의 즐거운 고민이 아니라 '오늘은 도대체 또 뭘 먹을 것이란 말인가' 식의 한탄 섞인 고민이다. 물론 모든 세상살이가 그렇듯, 고민을 많이 한다고 해서 맛있는 것을 먹을 수 있는 건 절대 아니다.

우리 회사는 오래전에 재택근무 시스템으로 바뀌었지만, 초기 몇 년은 꼬박꼬박 정시에 출근하는 아주 정상적인 직장이었다. 서초동에서 『PAPER』를 창간하고 삼성동으로 사무실을 옮겨 십여 년쯤 살았는데, 전철역에서 빠른 걸음으로 십오 분쯤 걸어가야 하는 곳에 사무실이 있어서 교통이 좀 불편했다. 지금은 많이 달라졌지만, 그때만 해도 주택가가 늘어서 있는 곳이어서 회사 주위에 식당이 별로 없었다. 고깃집 한두 개, 횟집 한두 개, 설렁탕집과 추어탕집, 그리고 중국집 정도가 전부였다. 그러니 점심을 먹겠다고 회사를 나선다는 것은 갈 곳 없어 방황하게 된다는 것을 의미했다. 조금만 걸어가면 코엑스 내에 있는 다양한 식당가를 섭렵할 수도 있었으나, '맛있는 건 먹고 싶지만 맛있는 걸 찾아 헤매는 건 귀찮아'라고 생각하는 우리 집단은 주로 회사에서 점심을 해결하곤 했다. 중국집이냐 분식집이냐를 정하는 것도 귀찮은 인간들이 정착한 곳은 공사장 인부들에게 밥을 대주는 밥집이었다.

정은이라는 이름의 딸이 있어 〈정은네 분식〉이라 불렸던 그 밥집의 아주머니는 '오늘의 백반'이라는 매우 솔깃한 메뉴를 우리에게 제시했다. 밥 한 공기에다가 매일 다른 국과 반찬이 곁들여지는 '오늘의 백반'은 우리의 고민을 단번에 해결해주었다. 식사 후에 일일이 돈을 내는 것도 귀찮아진 우리는 아예 장부를 만들어놓고 동그라미를 쳐가며 고민 없이 점심을 해결했다. 국과 반찬이 매일 다르다 해도 계절이 몇 번 되풀이되면 거기서 거기였지만, 가끔 서비스로 달걀찜이나 떡볶이가 딸려 오기도 하고 누군가의 생일이면 미역국이 등장하기도 해서 왠지 사랑받고 있다는 기분도 들곤 했다.

열두 시가 되기 조금 전, 전화기에 대고 '백반 네 개요' 한마디로 주문을 하고 나면 잠시 후(어떤 날은 이 '잠시'가 한 시간이 될 때도 있다) 밥과 국, 반찬이 든 철가방이 사무실에 도착한다. 맛이 없는 것은 아니지만, 회의용 테이블에 신문지를 깔고 하는 식사니 썩 만족스럽지는 않았을 것이다. '아, 맛있게 먹었다'라는 포만감보다 '또 한 끼를 때웠구나'라는 기분이 더 많이 드는 게 사실이었다.

오래전에 다니던 회사에서, 도시락 싸오기 바람이 분 적이 있었다. 역시 매일 똑같은 메뉴에 질려버린 사람들이 벼랑 끝에 몰려 궁여지책으로 도시락을 싸오기에 이른 것이다. 하지만 아침에 일어나 씻고 나오기도 바빠 죽겠는 나 같은 사람은, 도시락을 싸기는커녕 도시락통조차 꺼낼 시간이 없었다. 물론 나 같은 사람은 나 말고도 많았다. 결국 이런 사람들끼리 모여서 차선책을 마련했는데, A는 밥만 퍼오고 B는 김치만 가져오고 C는 집에 있는 밑반찬들을 끌어 모아오고, 이도저도 안 되는 사람들은 가게에서 김이나 기타 반찬거리가 될 만한 것들을 사와서 같이 먹는다, 라는 것이었다. 물론 나는 '이도저도 안 되는 사람' 쪽이었다.

점심시간이 돌아오면, 우리는 자료실에 모여 밥과 반찬을 꺼낸 다음, 그날의 상황에 맞춰 상을 차렸다. 어떤 날은 오이를 뚝뚝 잘라 고추장에 찍어 먹고, 어떤 날은 상추를 사다가 쌈을 싸 먹고, 또 어떤 날은 밥과 반찬을 모두 비벼 비빔밥을 만들어 먹기도 했다. 그러던 차에 희소식이 하나 있었으니, 마침 설날인지 추석인지를 맞아 회사에서 직원들에게 참치통조림 세트를 하나씩 선물로 나누어준 것이다. 우리는 그 선물을 집으로 가져가는 대신 회사에 비축해놓고, 참치통조림과 고추장과 밥을 쓱쓱 비벼 서로 한 숟갈이라도 더 뜨겠다고 싸워가며 먹어치웠다. 그러나 이것도 하루 이틀이지, 근 한 달 동안 참치비빔밥을 먹고 나니, 나중에는 누가 참치의 '참' 자만 꺼내도 지긋지긋해졌다. 결국 우리의 도시락 싸오기 운동은 참치의 대습격 앞에서 와해되었고, 또다시 점심시간이면 회사를 나서서 방황과 고민을 거듭하게 되었다.

그런데 이 참치 후유증은 생각보다 심각하여, 그 후로 오랫동안 나는 참치통조림을 잘 먹지 않게 되었다. 그러나 우리에겐 시간이라는 만병통치의 수단이 있으니, 세월은 끊임없이 흐르고 흘러 마침내 내게도 참치통조림 앞에서 미소 지을 수 있는 날이 오고야 말았고, 그 참치통조림을 다른 방법으로 먹을 수 있다는 사실도 깨달았다.

그것은 한때 세상을 대단히 떠들썩하게 만들었던 Y2K와 함께 왔다. 2000년이라는 새로운 세기가 열리기 직전, 그러니까 1999년 말이었다. 예측 불가능한 사태가 발생하여 전 세계가 대혼란에 빠질지도 모른다는 뉴스를 연일 접하던 나는, Y2K를 대비하여 물 다섯 통을 산 후, 약간의 망설임 끝에 참치통조림을 하나 샀다(그게 무슨 Y2K 대비냐고 따지는 사람도 있겠지만, 라면 다섯 개만 사둔 우리 엄마도 있다). 새해는 닥치지도 않았던, Y2K

와 전혀 무관한 어느 날 늦은 밤에 왠지 매운 것이 먹고 싶어진 나는 벌떡 일어나 냉장고를 뒤지기 시작했다. 매운 것은 잘 먹지도 못하는 주제지만, 그럴 때도 있는 법이다. 양배추와 당근, 오이를 썰어놓고 라면 하나를 끓여 고추장과 식초를 넣어 비비던 중, 문득 서랍 속에서 고이 잠들어 있는 참치통조림이 떠올랐다. 무슨 욕구불만이라도 있었는지 파릇파릇한 것들만으로는 성에 차지 않았던 나는 Y2K가 설마 나를 굶겨 죽이겠어, 하고 용감하게 통조림을 따기로 결심했다. 그 일을 계기로 하여 나는 참치통조림과 화해했고, 지금까지 쭉 잘 지내고 있다.

라면이 부담스럽다면 채소와 참치만으로도 좋은 맛을 낼 수 있다. 양파를 잔뜩 다져넣고 청양고추를 섞어주면 웬만한 술과 근사하게 어울리는 안주가 탄생한다. 당근, 오이, 피클을 첨가하거나 양겨자와 후추 등으로 맛을 내도 좋다. 참치통조림은 김치찌개와 궁합이 좋은 것은 기본이고 밀가루와 다진 양파, 두부 등을 넣고 동그랑땡을 만들어 부쳐 먹어도 맛있다. 물론 오이와 양상추, 토마토 등과 함께 샐러드를 만들어도 좋은데, 올리브오일과 발사믹식초를 섞는 것만으로도 풍부한 맛의 소스를 만들 수 있다. 매운 맛을 원한다면 시중에서 파는 매운 칠리소스를 끼얹는다. 참치는 영양가가 풍부하고 지방이 적은 저칼로리 식품이므로, 다이어트 중인 분들에게도 비교적 안전하다.

참치통조림 이야길 하다보니, 하얀 쌀밥에다 고추장 넣고 참치 넣고 팍팍 비벼서 서로 질세라 마구 퍼먹던 그 시절의 친구들이 보고 싶어진다. '밥정'이 들었다고 할까. 한솥밥 먹는 사이란 말이 괜히 나온 것은 아닐 것이다. ♠

슬픈 맛탕

맛탕 같은 거, 처음부터 좋아하지도 않았다.
훌쩍 떠나버린 향숙 언니가 아니었다면,
기억도 나지 않을 이야기다.
어쩌면 나는 평생 맛탕을 먹지 않을지도 모른다.
하나의 섬처럼 작고 촉촉한 그것을.

✻ 내가 대학을 다니던 시절, 학교 앞에 〈섬〉이라는 카페가 있었다. 카페라고 해도 그곳에서 차를 마시는 사람보다 술을 마시는 사람이 많았고, 나도 당연히 그 부류였다. 〈섬〉이라는 이름을 가진 카페는 어쩐지 동네마다 있는 듯한데, 이상한 인연으로 인해 나는 꽤 많은 〈섬〉들을 전전했다. 인사동의 〈섬〉은 골목 안에 깊이 숨어 있어서 갈 때마다 헤맸던 기억이 있고, 명동의 〈섬〉은 노래 잘 하는 주인 때문에 자꾸 흥이 나서 갈 때마다 취했던 기억이 있고, 홍대 앞의 〈섬〉은 기찻길 옆에 있어서 갈 때마다 세상 끝에 다다른 기분이 되었던 기억이 있다. 모든 섬들은 섬의 속성에 의해 자리를 옮기기도 하고, 아예 사라지기도 한다.

나에게 있어 최초의 섬, 그러니까 신촌의 〈섬〉이 그랬다. 내가 입학하기 전부터 존재했던 〈섬〉이었기 때문에, 나는 그 〈섬〉이 천년만년 그대로 존재할 거라 믿었다. 시시때때로 자리를 옮기기는 했지만 말이다. 〈섬〉을 들락거리던 사람들은 대부분 오래된 단골들이었다. 새로운 손님이라 해도 지나가다 불쑥 들어온 게 아니라 단골을 따라 들어왔다가 단골이 되는 케이스였다. 그러다보니 단골들끼리 친구도 되고 원수도 되고, 이러니 저러니 해도 헤어질 수는 없는 가족 비슷한 집단이 되었는데, 그 중심에는 언제나 〈섬〉의 주인 향숙 언니가 있었다.

여자 혼자 카페를 운영한다는 것이 그리 만만한 일은 아니었을 텐데, 향숙 언니는 언제나 씩씩하고 언제나 믿음직했다. 돈을 벌겠다는 욕심은 별로 없었고 사람을 많이 좋아했다. 오다가다 들르면 제일 먼저 묻는 말이 '밥 먹었니'였다. 때를 놓쳤다고 하면 가게는 내팽개치고 손잡고 나가서 밥을 사주는 사람이었다. 그렇게 내팽개쳐진 가게는 또 오다가다 들른 단골이 꿰어 차고 앉아 가끔 들어오는 뜨내기손님들에게 술도 내주고 돈도 받고, 그렇게 장사를 했다.

단골들은 사실 손님 취급을 받지 못했다. 자신들이 마실 술을 냉장고에서 꺼내오는 것은 기본이었고 냉동실에서 차갑게 얼어 있는 잔도 직접 가져와야 했다. 커다란 바구니 가득 방금 튀긴 팝콘이 담겨 있었는데, 무한으로 제공되는 그 공짜 안주도 먹을 사람이 먹을 만큼 퍼서 가져갔다. 이 사람 저 사람 밥 먹이느라 자주 자리를 비우는 향숙 언니 때문에 어떤 날은 안주 하나 먹는 데도 한 시간을 기다려야 했지만, 일단 언니가 주방을 접수하면 눈부신 일들이 벌어졌다. 웬만한 카페에서는 맛볼 수 없는 정성 어린 요리들이 늘 준비되어 있었고, 시골에서 공수한 김치라거나 젓갈 같은 특별한 음식도 단골들의 테이블에 아낌없이 등장했다. 가난한 자취생이었던 나 같은 사람에게 〈섬〉은 곧 천국이었다.

졸업을 한 후에도 꽤 자주 그곳을 들락거렸다. 학교 선후배들끼리 약속을 정했다 하면 무조건 〈섬〉이었다. 가끔 1차를 고깃집에서 하는 경우도 있었지만, 2차에는 다른 선택이 없었다. 그곳에서 우리는 (학창 시절에 마음껏 마시지 못했던) 병맥주를 마시고 향숙 언니의 맛있는 요리들을 누렸다. 술이 한 순배 돌아가면 누군가 한쪽 구석에 있는 기타를 집어 들었고, 곧 합창모드로 돌입했다. 꽥꽥거리며 노래를 부르다보면 옆 테이블 사람들과 건배도 하게 되고, 그러다 어느새 우르르 뭉쳐 동네가 떠나가라 밤새 노래를 부르게 되는 것이다.

요리에 호기심이 많았던 나는 향숙 언니가 주방에 있을 때 괜히 뭘 거드는 척하며 훔쳐보기도 하고 참견하기도 했다. 집에서 음식을 만들다가도 잘 모르는 게 있으면 제일 먼저 언니에게 달려갔다. 그때 언니가 가르쳐준 것 중 지금까지도 할 수 없는 것이 하나 있는데, 그게 바로 맛탕이다.

사실 맛탕을 집에서 만들어 먹을 일이 뭐 있겠는가. 초롱초롱한 눈망울로 제발 맛탕 좀 만들어달라고 조르는 아이가 있는 것도 아니고. 내가 맛탕을 만들어야만 하는 운명에 처한 것은, 졸업을 하고도 한참이 지난 후, 지금으로부터 약 십여 년 전의 일이다. 그때 나는 『PAPER』 동호회에서 만난 독자들과 함께 대학로에 있는 공부방에 자원봉사를 하러 다니고 있었다. 자원봉사라고 해도 거창한 건 아니고, 공부방 아이들을 위해 일주일에 한 번 반찬을 만들어주러 가는 정도였다.

회사에서 조금 일찍 나서서 대학로의 슈퍼에서 동호회 회원들을 만나 간단하게 장을 보고, 공부방 주방에서 서너 시간쯤 다 같이 요리를 하고, 그것을 크고 작은 반찬통에 가지런히 넣으면 그것으로 우리의 임무는 끝이었다. 결손가정이나 맞벌이 부부의 아이들이 주로 그 공부방을 다녔는데, 학교가 끝나고 나면 갈 곳이 없어 그곳에서 시간을 보냈다. 자원봉사 선생님들의 도움을 받아 숙제도 하고, 어울려 놀기도 하면서. 급식비를 내지 못해 점심을 먹지 못하는 아이도 있었고, 먹었다 해도 오후가 되면 배가 고파지기 때문에, 공부방에서는 오후 네 시에 아이들을 위한 간단한 식사를 준비했다. 우리가 만든 반찬들은 그때 이용되는 것이었다. 우리가 반찬을 만들기 위해 처음 갔던 날은 화요일이었는데, 그날은 마침 밥 대신 빵이 나오는 날이었다. 그런데 주방에서 고소한 냄새가 풍겨 나오자, 몇몇 꼬마들이 밥을 주는 줄 알고 기웃거리다가 실망을 안고 돌아갔다(물론 그다음 날 오후에 그들은 우리가 만든 반찬으로 밥을 먹었을 테지만).

두 번째 그곳을 방문한 날도 역시 화요일이었는데, 빵만으로 성이 차지 않을 아이들을 위해 생각해낸 것이 맛탕이었다.

도시락 반찬과는 별도로 맛탕을 만들어, 아이들에게 간식으로 주겠다는 작전이었다. 물론 나는 맛탕을 만들어본 적이 없었다. 만들어보진 않았으나 먹어보긴 했고, 레시피가 복잡할 것 같진 않으니 어찌어찌 만들 수 있을 거라고 생각했다.

고구마 스물 몇 개를 깎아서 먹기 좋게 썬 다음 기름에 튀겨내고, 설탕과 물을 넣어 시럽을 끓일 때까지는 분위기가 좋았다. 어딘가에서 본 레시피 대로 시럽에 식초를 넣은 다음, 튀겨낸 고구마에 끼얹어 버무린 다음에야 뭔가 이상하다는 것을 깨달았다. 완성된 맛탕은 뭐랄까, 상상했던 것과 달랐다. 먹음직스러운 갈색이 아니라 허여멀건 감자색을 띠고 있었고, 식초향이 너무 강해서 마치 탕수육 같은 분위기를 풍겼다. 시식을 해본 친구들은 '그래도 맛은 좋다'며 접시에 담아 아이들에게 가져다주었다. 하지만 아이들의 반응은 차가웠다. '색깔이 이상해', '냄새가 이상해', '감자 같아'라며 몇 개 집어 먹다 마는 것이었다.

평소에 요리가 취미라고 떠들고 다니던 나는 자존심이 팍 상해버렸다. 슬프고 서러웠다. 하지만 '이제 죽을 때까지 맛탕 따위는 만들지 않을 거야'라고 생각한다면 진실로 요리를 사랑한다고 말할 수 없는 법. 먹음직스러운 맛탕은 어떻게 만들어지는가를 알기 위해, 나는 은밀히 몇 사람에게 자문을 구했다.

우선 회사 근처에 있는 밥집 〈정은네 분식〉의 아주머니는 이렇게 말씀하셨다.

"고구마 썰어서 튀겨서 건져놓고, 설탕하고 물을 같이 끓여."

"물을 얼마나 붓는데요?"

"물은 쪼끔. 아주 쪼끔만 넣으면 돼. 설탕에서 물이 생기니까. 끓으면 고구마하고 버무리면 되지. 아니면 기름이랑 설탕이랑 넣고 같이 끓여서 버무려도 되고."

'슬픈 맛탕'에 대한 사연을 전해 듣고 안타까워하던 독자 정의선이 어머니께 들었다는 비법도 있었다.

"알루미늄 냄비에 기름을 붓고 가열한다(고구마 높이보다 높은 정도). 기름이 데워지면 썰어놓은 고구마를 넣고, 고구마가 거의 덮일 만큼 설탕을 뿌린다. 약한 불에서 주걱으로 고구마를 가끔 휘저어주면서 익힌다. 고구마가 익었을 무렵 강한 불에서 고구마를 열심히 휘젓는다(이 단계에서 설탕이 점점 고구마에 달라붙는다). 너무 진한 갈색이 되기 전에 젓가락으로 하나씩 건져서 그릇에 담는다. 그리고 맛있게 먹는다."

마지막으로 〈섬〉의 향숙 언니가 가르쳐준 방법은 이렇다.

"냄비에 기름을 두르고 뜨거워지면 물엿하고 설탕을 넣고 물을 조금 넣어서 끓여. 흑설탕을 넣으면 색깔이 너무 진해지니까 갈색설탕을 넣는 게 좋아. 고구마는 썰어서 살짝 찌면 돼. 튀겨도 되는데, 그럼 기름기도 많아지고 번거로우니까 나는 주로 찌는 편이야. 그다음에 고구마와 시럽을 같이 버무리면 되지."

"물엿을 넣는데 설탕도 들어가?"

"빛깔 때문이기도 하고, 물엿 맛하고 설탕은 좀 다르지."

"물은 어느 정도 넣는데?"

"너무 빡빡하지 않도록 조금만 넣으면 돼."

"식초는 안 들어가?"

"넣는 사람도 있는데, 안 넣어도 돼."

"식초는 왜 넣는 건데?"

"몰라."

"……"

여전히 의문은 남아 있었지만, 언니의 설명을 듣자 머릿속에 그림이 그려졌다. 길거리에서 파는 것보다 더욱 먹음직스러운 맛탕을 만들어서, 꼬마들이 더 달라고 졸라대게 하고야 말겠다는 결심도 했다. 그럼에도 불구하고 나의 맛탕이 또 외면을 당한다면, 꼬마들을 불러다 앉혀놓고, '눈에 보이는 것보다 중요한 것은 마음이며 뚝배기보다 장맛'이라고 단단히 일러주고 오겠다는 다짐도 곁들였다. 하지만 결국 나는 그날 이후 두 번 다시 맛탕을 만들지 않았다.

〈섬〉을 들락거리던 술꾼들보다 더 술을 사랑했던 향숙 언니가 병에 걸렸다는 사실을 알았을 때는, 모든 것이 너무 늦어버렸다. 제대로 이별할 시간도 주지 않고, 언니는 덜컥 세상을 떠나버렸다. 언니와 보낸 수많은 시간들, 언니와 나누었던 수많은 이야기들은 차츰차츰 잊혀갔지만, 맛탕을 보면 아직도 언니 생각이 난다. 언니가 너무나 실감나게 설명을 해서, 눈앞에 노란 맛탕이 모락모락 김을 내며 쌓여 있는 것 같아서, 그 맛과 냄새가 나의 시각과 후각이 아니라 마음 어디에 새겨져버려서, 그래, 그래서 그런 거다. 다 언니 탓이다. 나에게 맛탕은 슬픔뿐 아니라, 아프고 아쉬운 삶의 돌부리가 되어버린 것이다.

맛탕 같은 거, 처음부터 별로 좋아하지도 않았으니 평생 만들지 않아도 상관은 없지만, 어느 날 갑자기 섬처럼 뚝 떨어져나간 언니의 빈자리는 어떻게 해야 할지, 나는 아직도 알 수가 없다. ♠

영국식 아침식사

부서지는 햇살, 이슬을 머금은 잔디밭, 레이스가 달린 양산,
체크무늬 테이블보, 앤티크한 티포트…… 그런 것은 없었다.
하지만 상상 속에서만 존재하고 현실에는 없다고 해서,
반드시 없다고 할 수는 없는 법이다.

* 영국을 좋아한다. 영국식 악센트도 좋고 영국 남자의 젠틀함도 좋고 무엇보다 내가 바흐 다음으로 사랑하는 셰익스피어와 비틀즈의 나라여서 좋다. 오후 네 시의 티파티도 멋지고 길거리에 즐비하다는 펍도 솔깃하다. '영국식 아침식사'라는 말도 좋다. 가늘게 부서져 내리는 햇살, 아침 이슬을 살포시 머금은 잔디밭, 레이스가 달린 하얀 양산, 체크무늬의 테이블보, 투박하고 앤티크한 티포트, 아른아른한 홍차의 향기, 갓 만들어낸 잼과 바삭바삭하게 구워낸 토스트, 신선한 주스, 건드리면 터질 것처럼 잘 익은 토마토와 오렌지…… 상상하는 것만으로 따뜻한 바람 같은 행복이 몰려온다. 그렇다. 이 모든 것은 영국을 직접 가보기 전에 막연하게 품고 있던 동경이었다.

이 정도 열심히 살았으니 이쯤에서 어딘가로 여행을 가자, 라는 생각이 들었을 때 처음 떠오른 목적지도 영국이었다. 도쿄와 파리와 호주를 다녀왔으니 이제 영국을 갈 때가 되었다는 느낌이었다. 당연히 나의 목적은 비틀즈의 고향 리버풀을 방문하는 것이었다. 일종의 성지순례랄까, 그들이 걸었던 길을 걷고 그들이 마셨던 공기를 마시고 그들의 노래 속에 나오는 곳을 눈으로 보고 그들이 마시던 술집에서 기네스를. 얼마나 아름다운 여행의 목적인가.

리버풀은 런던에서 버스를 타고 몇 시간쯤 가야 하는 곳이

어서, 비행기에서 내리자마자 그곳으로 달려갈 수는 없었다. 런던에서 일단 2박을 하며 영국에 적응을 한 다음 리버풀로, 거기까지 갔으니 에든버러도, 라는 일정이었다. 싼 티켓을 끊은 탓에 지구를 한 바퀴 빙 둘러 온지라 몹시 피곤했기 때문인지, 런던에 대한 첫인상은 별로 남아 있지 않다. 어서 숙소를 잡고 그 유명하다는 펍에 가서 새까만 기네스 한 잔을 마시고 싶다는 생각뿐이었다. 목욕탕이 딸린 아늑한 호텔에서 두 발 쭉 뻗고 싶었지만 물가가 하늘을 향해 치솟는 런던인지라 그런 사치를 부릴 수는 없었다. 날씨가 따뜻하다면 공원에서 노숙이라도 하며 〈비포 선라이즈〉를 찍을 수도 있겠지만, 불행하게도 해만 지면 가죽 재킷이나 패딩 점퍼를 입고 다녀야 할 만큼 기온이 내려가는 것이 영국의 봄이다. 한낮에는 모두 한여름 옷을 입고 돌아다니는데(반바지에 슬리브리스 차림도 흔하다), 해만 기울면 온통 겨울 옷차림이다. 도대체 이 사람들은 낮 동안 어디다가 그 두꺼운 옷들을 숨겨 가지고 다니는지, 정말 신기한 일이었다(해가 지면 일단 집에 가서 옷을 갈아입는다? 혹은 낮에만 돌아다니는 사람 따로 있고, 밤에만 돌아다니는 사람 따로 있다?).

좌우지간 호텔도 못 가고 노숙도 못 하는 사람들은 영국의 대표적인 숙소 B&B를 이용하게 되는데, 아는 사람은 다 알겠지만 B&B에서는 Bed와 Breakfast, 즉 침대와 아침식사만 제공된다(그 이외의 것은 별로 제공되지 않는다. 화장실과 목욕탕은 공동으로 사용한다). 침대에서 자고 일어나 식당으로 가면, 바로 '영국식 아침식사'가 나오는 것이다(물론 시간이 정해져 있어서, 늦잠을 자버리면 아침도 못 얻어먹는다).

런던은 인심이 박하다. 콘플레이크 한 접시, 주스 한 잔, 딱딱한 토스트 두세 쪽, 홍차 또는 커피, 그리고 식탁 위에 놓인 잼과 버터가 전부다. 바로 이것이 꿈에 그리던 '영국식 아침식사'의 정체였던 것이다! 창밖에 어른거리는 나뭇잎들을 위안 삼아, 별 맛도 없는 그것들을 아무 생각 없이 먹어치우는 수밖에 없다. 그래도 런던을 벗어나니 식탁이 약간 풍성해졌다. '홍차, 주스, 토스트, 콘플레이크'라는 기본차림에 베이컨, 달걀프라이가 담긴 접시 하나가 추가되는 것이다. 좀 더 인심 좋은 집에서는 여기에 콩, 양송이버섯, 토마토, 감자 등을 얹어주기도 한다. 리버풀에서 묵었던 B&B에서는 일곱 명쯤 둘러앉아도 족할 식탁에 넘치도록 아침식사를 차려주는 바람에, 남은 음식으로 샌드위치를 만들어 그것으로 점심을 해결하기도 했다. 어차피 제대로 된 음식을 파는 곳도 드물고, 값도 만만치 않으니 한마디로 땡잡은 것이다.

맥주를 파는 펍이나 작은 레스토랑에서도 '영국식 아침식사'라는 이름의 요리를 파는데(아침시간뿐 아니라 하루 종일 파는 것 같다), 사람들이 먹는 걸 옆에서 구경해보니 B&B에서 주는 것과 별다를 게 없었다. 그런데도 남녀노소 누구나 이 요리로 한 끼 식사를 해결한다. 그걸 보고 있자니, 평생 그렇게 맛없는 걸 먹고 살아야 하는 그들이 불쌍해지면서, 영국에서 김밥장사를 하면 돈 벌겠다는 생각이 절로 드는 것이다.

런던에서 맞이한 영국의 첫 아침, 놀랍도록 단정하고 새침한 '영국식 아침식사'가 첫 번째 환상을 완벽하게 깨어준 이후부터, 나의 여정은 꽤 실망스러웠다. 영국식 악센트는 도무지 알아먹을 수가 없고 영국 남자와는 말 한 번 섞어보지 못했으며 티파티는커녕 오후 네 시가 되면 시차와 피곤이 몰려와서 녹초가 되는 것이다. 온 동네 사람들이 우글거리는 펍에는 앉을 자리도 없고 주문 한 번 하려면 어림잡아 열 가지도 넘는 맥주 중에 뭘 골라야 할지 몰라 번번이 바보가 되어버린다. 그 사람들은 술 한 병 들고 길거리에 내내 서서 무슨 할 이야기가 그렇게 많을까.

진실을 말하자면 리버풀도 그리 볼 만하고 재미있는 도시는 아니다. 스트로베리 필드라거나 페니 레인 같은 곳을 돌아보는 투어버스를 타고 비틀즈의 자취를 밟으며 나야 감개무량했지만, 딸기도 없는 딸기밭이 다른 사람들에게 뭐 그리 신비로울까. 바다를 끼고 있어 한때 교통의 요지로 번화했던 그 도시는 시도 때도 없이 내리는 으슬으슬한 비로 인해 조금 처량하고 조금 쓸쓸해 보였다. 늘 그렇다. 언젠가 한 번 화려했던 것들은 우리를 서글프게 만드는 것이다. 그곳을 떠나 에든버러에 도착했을 때는 음지에서 양지로 나온 기분이었다.

어찌되었거나 영국에서 진정한 '영국식 아침식사'를 경험한 나는, 자신 있게 '영국식 아침식사'를 차릴 수 있게 되었다. 요리법이고 자시고 할 것도 없이, 티포트에 홍차 티백 하나 넣고, 토스트 굽는 것으로 아침 준비가 끝나는 것이다. 하지만 그게 뭐야. 날아가 버린 상상 속의 '영국식 아침식사'를 떠올리면, 괜히 뭔가 억울한 기분이 든다. 현실은 상상을 배반하는 경우가 많다. 그렇다 해도, 가난하고 지친 여행자들에게는, 마음에 차지 않는 현실 속의 '영국식 아침식사'가 훨씬 도움이 되는 법이다. 상상만으로 배가 부를 수는 없는 거니까. ♠

그럭저럭 물국수

모든 게 그럭저럭이었다. 영원히 그럭저럭일 것 같았다.
그럭저럭인 우리를 위로했던 것은
그럭저럭인 물국수 한 그릇이었다.

✻ "네가 만든 국수를 먹고 싶어."

이건 청혼의 말도 아니고, 세상을 먼저 떠나면서 남기는 유언의 말도 아니다. 언젠가 전화로 친구와 수다를 떨던 중에, 그녀가 문득 한 이야기다.

누구에게나 '아, 그 시절엔 정말 잘 놀았어!'라며 흐뭇한 미소로 회상할 수 있는 시기가 있을 것이다. 나는 지금도 꽤 잘 노는 편이라는 이야기를 듣긴 하지만 노는 일에도 열정이 필요한 법. 하물며 사랑도 지겨워지는데 노는 일이라고 다르겠는가. 온몸과 마음을 다해 오로지 노는 일에 집중하던 시절과 비교하면 가뭄에 콩, 새 발의 피다. 놀았다고 해도 머리끝에서 발끝까지 떨쳐입고 물 좋은 나이트나 록클럽을 찾아다닌 것은 아니고, 회사에서 하루 종일 일하다가 해 떨어지면 우물우물 신촌으로 기어가서 친구들을 만나는 게 전부였지만 말이다. 거의 매일 같은 시간, 같은 곳에서 만나 음악을 듣고 맥주를 마시고 수다를 떨 뿐이었는데 왜 그렇게 하루하루가 재미있었는지. 할 말은 또 뭐가 그렇게 많았는지.

우리가 단골로 들락거리던 곳은 〈캐자르〉라는 이름의 가게였다. 그곳에서 커피를 마시는 사람은 거의 없었으니 카페라기에는 좀 그렇고, 음악을 꽤 크게 틀긴 했지만 정색을 하고 앉아 감상하는 곳은 아니니 음악감상실도 절대 아니고, 노래를 따라 부를 수는 있었지만 일어나 춤을 추면 안 되는 곳이었으니 록클럽이라 하기도 곤란하다. 음악을 들으며 맥주 한잔 하고 싶은 사람들이 모여드는 그런 곳이, 여하튼 그 시절에는 제법 많았다.

대학 시절부터 하루가 멀다 하고 얼굴 도장을 찍었던 〈캐자르〉, 그곳의 단골 중에서도 단골이었던 나는, 졸업 후에 서울로 올라온 고향 단짝친구를 냉큼 그곳으로 안내했다. 나 못지않게 음악을 사랑하던 친구는 '세상에 이런 별천지가 있었다니!' 하고 감탄을 거듭하며 또 다른 친구를 데려왔다. 그렇게 해서 그곳은 우리의 아지트가 되었고, 밤이면 밤마다 미처 불태우지 못한 청춘을 활활 태우려고 했지만, 다행인지 불행인지 그 시절에는 밤 열두 시에 모든 '유흥업소'의 문을 닫아야 한다는 법이 있었다. 어쩌면 그 제약 때문에 더욱더 미친 듯이 놀고 싶었던 것인지도 모르겠다.

〈캐자르〉의 마지막 곡은 주인언니의 강력한 의지에 의해 언제나 이미자의 〈동백 아가씨〉였다. 딥 퍼플, 레드 제플린, 도어즈를 몇 시간 동안 주구장창 틀어대다가 열두 시 오 분 전이 되면 이미자 선생님이 처연하고 낭랑한 음성으로 '도오오옹배액 아아가가씨이'를 부르는 것이다. 그 노래의 전주가 나오면 사람들은 주섬주섬 가방을 챙겨 들고 비틀거리는 걸음으로 일어나서 술값을 계산하고 거리로 나선다. 이제 그만 가야겠다, 라는 자유의지가 아니라 어쩔 수 없이 내쫓기는 신세였으니 아쉬움이 크다. 그렇게 나선 밤 열두 시의 거리, 내일 출근을 생각하면 어서 집에 가서 빨리 잠자리에 들어야 정상이겠지만, 누구도 안녕이라는 말을 않고 괜히 골목을 어슬렁거리곤 하는 것이다.

그냥 헤어지기 아쉬운 판에 밤은 깊고, 웃고 떠드느라 배는 출출하고, 누군가의 입에서 '뭐라도 먹고 가자'라는 말이 대뜸 나올 수밖에 없다. 그때 우리가 자주 가던 곳이 물국수 파는 집이었다. 구석진 골목 끝에, 간판도 달지 않고 밤늦게까지 장사를 하던, 테이블 서너 개가 전부였던 작은 국수집. 세 그릇 주세요, 라는 말이 떨어지기 무섭게 아주머니는 끓는 물에 훌훌 국수를 풀어 넣고 후루룩 말아서 우리 앞에 내주었다. 한밤의 따뜻한 물국수가 채워준 것은, 청춘의 빛나던 시절에 또렷이 새겨진 공허함이었다.

그럭저럭 다들 졸업은 했다. 그럭저럭 다들 일도 하고 있다. 그럭저럭 연애 비슷한 것도 하고 그럭저럭 실연 비슷한 일도 겪었다. 그러다보니 그럭저럭 나이도 먹었다. 모든 것이 그럭저럭이었고 앞으로도 영원히 그러한 그럭저럭이 계속될 것 같았다. 인생이란 게 더 이상 무섭거나 두렵진 않았지만 어쩐지 힘이 빠졌다. 소설 같은 사랑도 없었고 영화 같은 삶도 없었으며, 없고, 없을 것이라는 생각을 지우기 위해, 아주 특별한 인생은 우리의 것이 아니라는 생각을 하지 않기 위해, 우리는 오로지 노는 일에 열중했는지도 모른다. 내일에 대해 기대하는 일을 그만두기 위해. 희망에 기대는 일을 멈추기 위해.

어떻게 보면 물국수도 그럭저럭인 음식이다. 먹음직스러운 새우튀김이 동그마니 올라앉은 튀김우동도 아니고, 콩나물과 시금치를 넣고 새콤달콤하게 비빈 비빔국수도 아니고, 소박한 멸치 몇 마리로 국물을 내고 소박한 고명 몇 가지를 올리는 것으로 그만인 국수. 그래서인지 그런 국수를 파는 곳도 그리 흔치 않다. 우리가 자주 가던 그 국수집도 툭하면 문을 닫았다. 국수를 먹으러 갔다가 헛걸음을 한 날이면, 헤어지는 일이 더 어려웠다. 그래도 마지막 이성을 쥐어짜서 각자 차를 타고 돌아가긴 했지만, 다음 날이 휴일이라면 이야기가 달라진다. 누구네 집에 우르르 몰려가서 연장전을 치르는 것이다.

그런 날 밤에 등장하는 것은 당연히 물국수다. 편의점에서 국수를 하나 사는 것으로 준비는 끝난다. 멸치 몇 마리를 넣고 팔팔 끓인 물에 조선간장으로 간을 맞추고, 다른 냄비에서는 국수를 삶는다. 물이 끓어오르면 국수를 넣는데, 깜짝 놀랄 만큼 빨리 끓어 넘치니까 눈을 떼면 안 된다. 가스레인지가 물난리를 겪기 전에 찬물을 부어주는 것이 요령이다. 이렇게 하면 국수를 삶는 사람도 안전하고 주방도 안전하고, 무엇보다 국수가 쫄깃해진다. 국수가 익으면 찬물에 재빨리 헹궈서 일인분 분량으로 사리를 지어둔다.

멸치 국물에 쫄깃하게 삶아진 국수만으로도 한밤의 허기를 달랠 수 있지만, 이것만으로는 허전하니까 약간의 고명을 준비한다. 고명은 그야말로 만드는 사람 마음대로다. 물론 냉장고에 들어 있는 재료들에 의해 좌우되지만 말이다. 김치를 총총 썰어 올려도 좋고, 달걀지단을 부쳐 채 썰어 올려도 좋고, 쇠고기나 호박을 볶아 올려도 좋다. 무를 채 썰어 소금에 살짝 절였다가 소금, 설탕, 고춧가루를 넣고 무쳐 만든 무채를 올려도 좋지만 그게 귀찮으면 단무지를 이용해도 된다. 칼칼한 맛을 느끼고 싶으면 고추를 썰어 띄우면 된다. 김을 살짝 구워서 비닐봉지에 넣고 부순 다음 뿌려도 좋다. 멸치 국물도 고명도 다 귀찮다면, 미리미리 열무김치나 동치미를 담가두면 된다. 국수 생각이 날 때, 열무김치 국물에 말아 먹고 동치미 국물에 말아 먹으면 누이 좋고 매부 좋은 격이다.

따뜻한 물국수를 한 그릇씩 앞에 놓고 드문드문 남은 이야기들을 하다가, 졸린 눈을 부비며 나란히 잠자리에 들던 밤, 아아 그래도 오늘 하루는 괜찮았어, 내일도 괜찮을 거야, 자신에게 또 친구에게 나지막이 타이르던 그때를 떠올리면, 조용하고 소박하게 끓어오르는 멸치 국물 냄새가 난다. 어쩌면 우리의 삶이란 여태 그럭저럭이지만, 그것도 그럭저럭, 괜찮다. ♠

묻지 마 무시포크

요리는 실험이다.

그리고 아인슈타인이 말했듯이, 실험에 실패는 없다.

모든 것이 성공을 향해 가는 과정일 뿐이다.

그러니까 겁을 낼 일은, 전혀 아닌 것이다.

* "밥이요? 해먹죠. 시켜 먹은 적은 한 번도 없는데."

"어제 김치를 담갔거든요. 요즘 열무가 제철이어서."

"스트레스 해소법이요? 머리가 복잡할 때는 뭔가 집중할 것을 찾아요. 피아노를 치거나 책을 읽거나 요리를 해요."

이런 소리를 할 때마다 돌아오는 반응이 있다. "요리를 해요?" 이건 정중한 반응. "네가 무슨 요리를 해? 상상이 안 돼." 이건 대놓고 하는 반응. 만난 지 얼마 되지 않아 서먹한 사이냐, 무슨 말이든 편하게 하는 친밀한 사이냐의 차이일 뿐이지 속내는 똑같을 것이다. "밥이나 할 줄 알면 다행이다." 이렇게 말하는 사람도 있는데, 어쩌면 가장 솔직한 반응일지도 모른다.

아닌 게 아니라 어린 시절의 나는 요리와 그다지 친하지 않았다. 딱히 먹는 것을 열렬히 좋아하지도 않았고 딱히 가리는 것도 없어서 엄마가 먹으라면 먹고 엄마가 해주는 대로 먹었다. 우리 집은 아빠, 엄마, 나, 이렇게 달랑 세 식구여서 끼니때마다 부산을 떨지도 않았고, 음식 하나 놓고 서로 더 먹겠다고 싸울 형제자매도 없으니 음식에 욕심을 부릴 이유도 없었던 것이다. 딸 하나 있는 거 웬만하면 곱게 키우겠다고 작정한 엄마가 일찌감치 신부수업을 시킬 일도 없었으므로 밥을 지을 때 물이 들어가는지 꿀이 들어가는지 몰랐던 것도 아주 이상한 일은 아니다.

나는 좀 묘하다면 묘한 계기로 밥하는 법을 배웠는데, 그때 내 나이 열다섯, 그러니까 중학교 2학년이었다. 지금 생각하면 타당한 이유를 찾기가 몹시 힘든 각종 대회들이 당시에는 빈번하게 개최되었는데, 그중 하나가 '가사실습대회'라는 것이었다. (이유는 모르겠으나) 전국의 중학생들이 한자리에 모여 (역시 이유는 모르겠으나) 요리대회 같은 것을 열었다. 물론 남자는 해당사항 없고 여학생들만 잔뜩 출전을 한다. 그러나 초등학교 졸업한 지 얼마 안 되는 고만고만한 아이들 중에 부엌을 들락거리는 아이들이 얼마나 되겠는가. 실정이 이러하니 선생님들은 고민 끝에 말귀를 알아들을 만한 학생 몇몇을 골라놓고 대회 전날까지 훈련을 시켜야 했다. 그런 식으로 얼떨결에 끌려간 아이 중 하나가 나다.

훈련이라고는 해도 수업이 모두 끝난 후 일주일에 한두 번 모여 당장 급한 것들만 익히는 수밖에 없었다. 아직 어린 여자아이들을 해 저물 때까지 붙들어놓을 수도 없고, 훈련기간을 오래 잡았다가는 공부 안 시키고 뭐 하는 짓이냐는 학부모들의 항의가 쏟아질 테니 기껏해야 네댓 번, 그러니까 네다섯 시간 정도 뭔가를 배웠을 것이다. 초보 중의 생초보인 내가 그 시간에 뭘 배울 수 있었을까. 처음 배운 것은 성냥을 켜는 법이었다. 그때는 스위치만 켜면 불이 붙는 가스레인지 대신 성냥으로 불을 켜는 프로판 가스를 사용했기 때문이다.

성냥을 켜서 가스에 불을 붙이는 법을 배운 다음에는, 냄비로 밥을 하는 법을 익혔다. 대회에 전기밥솥 같은 걸 들고 갈 수는 없으니까. 그러고 나니 대회 날이 되었다. 그날 아침, 나는 비장한 심정으로 그동안 갈고 닦은 기술을 머릿속으로 그려보았다. 성냥의 끝을 잡고 단번에 확 그어서 불을 붙인다. 겁먹지 말고 가스에 불을 켠다. 쌀을 잘 씻는다. 냄비에 넣고 밥물을 붓는다. 밥물은 쌀의 1.2배. 강한 불 위에서 끓이다가 물이 끓어오르면 중간 불로 낮춘다. 다시 끓어오르면 약한 불로 낮춘다. 김이 잦아들면 뜸을 들인다. 밥이 지어지면 주걱으로 잘 휘저어준다. 오케이.

결론을 말하자면, 나는 보기 좋게 떨어졌다. 명색이 요리대회인데 밥만 하라고 하겠는가. 그날 과제로 나온 것은 '밥하기'와 '무채 만들기'였다. 나는 조리대 위에 떡하니 놓여 있는 무와 눈만 맞추다가 밥 한 공기 담아놓고 돌아왔다. 채가 뭔지, 채를 써는 건 뭔지, 뭘 넣고 어떻게 해야 하는 건지, 도통 알 수가 없었던 것이다.

세월이 흐르고 흘러 대학생이 된 후 자취생활을 하면서 조금씩 요리를 익혔지만, 본격적으로 요리를 배운 것은 졸업 후 잡지사에 들어갔을 때였다. 『PAPER』 이후부터는 줄기차게 한

길을 걸어왔기 때문에 "아니, 한 직장을 그렇게나 오래 다녀?"라는 말도 듣고 있지만, 내 직장생활의 초창기는 우여곡절로 점철되어 있다. 그 우여곡절을 생략하고 건너뛰어 '무크'를 만들 때의 일로 넘어가겠다. 무크란 비정기 간행물로, 인테리어, 육아, 요리에 관한 책들을 만드는 것이 우리 팀의 일이었다. 그곳에서 나는 육아책 서너 권, 그리고 요리책 서른다섯 권을 만들었다. 그 기억에 관한 자세한 이야기는 다른 기회에 하기로 하자. 결론만 말하면, 책이 출간될 때쯤에 이르자 나는 더 이상 요리를 겁내지 않는 인간이 되어 있었다는 것이다.

서른다섯 권 중 서른네 권은 모두 요리연구가 선생님이 만든 요리들로 채워졌는데 유독 한 권만은 예외였다. 『우리 집 주말요리』라는 타이틀로 만들어진 그 책의 주인공은 일반 주부들이었다. 음식 솜씨가 뛰어난 사람을 찾아내어, 그들을 취재하고 요리를 촬영하고 만드는 법을 소개하는 것인데, 섭외부터 시작하여 촬영까지 발품이 꽤 많이 드는 일이었지만, 태어나서 처음 대하는 요리들이 많은데다가 사람 사는 모습을 엿볼 수 있어 신나고 재미있는 작업이기도 했다.

대만에서 2년 정도 살면서 그곳 요리들을 배웠다는 어느 주부의 집에서 '무시포크'라는 이름의 요리를 구경했을 때도 그랬다. 요리 과정은 좀 복잡해 보였지만 완성된 요리는 보기에도 근사했고 맛은 더더욱 훌륭했다. 누군가를 초대했을 때 보란 듯이 척 내놓고 '아아, 이토록 이국적인 풍미라니!'라는 감탄사를 유도하기에 딱 좋은 요리였던 것이다.

그러나 매사에 신중한 나는(거짓말입니다) 덮어놓고 누군가를 초대하기 전에, 우선 자체평가를 해보기로 했다. 괜히 대단한 요리를 맛보여주겠다고 설치다가 부끄러워질 수도 있지 않은가. 냉장고를 열어보니 몇 가지 재료들이 부족했다. 나는 슈퍼에 들러 양배추, 돼지고기, 표고버섯을 사고 '호이신소스'라고 불리는 중국소스도 구입했다. 그런 다음 마음의 준비를 하고 칼과 도마를 꺼냈다. 그때까지만 해도 몰랐다. 요리책 서른다섯 권의 편집 경력에 먹칠을 하게 되는 사태가 발생할 줄은 말이다.

'무시포크'는 밀전병에다 소스를 바르고 여러 가지 재료를 얹어서 싸 먹는 요리다. 접시에 담아 내놓으면 일단 엄청 푸짐해 보여 뿌듯하고 자랑스럽다. 달콤하고 짭짤한 소스의 맛과 갖가지 재료들의 담백한 맛이 잘 어울려 먹는 재미도 쏠쏠하다. '무시'란 중국어로 '채 썬다'라는 뜻이라고 하는데, 돼지고기를 비롯한 여러 재료들을 채 썰어 먹는 요리이기 때문에 이런 이름이 붙은 것 같다.

시작은 순조로웠다. 양배추를 채 썰어서 볶는다. 돼지고기도 채 썰어서 간장, 참기름을 약간 넣고 볶는다. 표고버섯도 채 썰어서 볶는다. 달걀은 지단으로 부쳐서 채 썬다. 파는 그냥 채 썬다. 여기까지는 너무 쉽다. 자, 이제 밀전병만 부치면 되는 것이다. 원래의 레시피는 이렇다.

밀가루에 같은 양의 끓는 물을 부어 잘 섞은 다음 찬물을 부어서 반죽하여 젖은 헝겊으로 15분 정도 덮어둔다. → 도마 위에 밀가루를 조금 뿌리고 밀가루 반죽을 송편만 한 크기로 두 덩이 떼내어, 지름 5센티미터 정도 될 때까지 방망이로 둥글게 민다. → 밀어놓은 밀가루 반죽 하나에 참기름을 바르고 또 하나를 포개어 방망이로 아주 얇아질 때까지 함께 민다. → 뜨거운 프라이팬에 이것을 올려놓고 굽다가 두 밀전병 사이가 볼록해지면 뒤집어서 마저 구운 다음, 뜨거울 때 두 개를 떼어놓는다.

이 방법을 그대로 따라 하기에는 몇 가지 문제가 있었다. 첫째, 밀가루 반죽을 덮어둘 만큼 깨끗한 헝겊이 없다. 둘째, 밀가루 반죽을 밀 수 있는 방망이가 없다. 셋째, 너무 복잡하다. 평소에 '요리는 실험이다'라는 신조를 갖고 있는 나는, 당연히 여기서 '헝겊과 방망이 없이 밀전병을 만들 수 있는 간단한 방법'을 실험하게 된다. 밀가루를 뜨거운 물로 반죽해보았다. 반죽이 뭉쳐지지 않는다. 실패. 차가운 물로 반죽한다. 역시 마찬

가지 결과. 이번에는 전을 부칠 때처럼 물을 많이 넣고 밀가루 물 같은 걸 만든다. 프라이팬에 구워보니 밀가루풀떡 같은 것이 된다. 이것이 그나마 밀전병과 가장 비슷하다. 하지만 뒤집을 때 구겨지고 한 번 구겨지면 펴지지 않고 구워서 겹쳐놓으면 서로 붙어버리고 기타 등등…… 결국 실패.

이 외에도 여러 가지 시도를 했으나 모두 실패. 분한 나머지 당장 방망이를 사러 가려고 했지만 밖은 이미 한밤중이었고, 나는 몸과 마음이 모두 지쳐버렸다. 밀가루와 씨름하느라 계속 서 있었는데 다리보다 머리가 더 아팠다. 이 사태를 어떻게 수습해야 하나. 얇고 하늘하늘한 밀전병이 아니라도 좋다. KFC의 트위스터, 아니면 크레이프 등등에 이용되는 그 예쁘고 얇은 반죽은 도대체 어떻게 만드는 것이란 말인가.

나는 전쟁통 같은 부엌을 벗어나 잠시 방으로 들어가 마음을 가다듬었다. 나의 실패를 인정하고 받아들일 시간이 필요했다. 교훈이나 메시지 같은 건 딱 질색인 성격이지만, 그래도 뭔가 그럴듯한 위안이 필요했다. 그리고 이런 결론에 도달했다. 그래, 인생에 실패한 것도 아니고 기껏해야 요리 하나잖아. 얼마나 다행이야. 누구에게 피해를 준 것도 아니고(밀가루에게는 피해가 되었는지 모르겠지만), 누가 다친 것도 아니고, 이제 요리를 못하게 된 것도 아니고. 그런 생각을 하자 어쩐지 요리가 더욱 좋아졌다. 비록 요리가 내 마음대로 안 되더라도, 가끔 나를 외면하더라도, 나는 너를 사랑하리라.

잠시 후 나는 가벼운 마음으로 부엌으로 가서, 쓰러진 음식들을 구원하기 시작했다. 다음 날 점심시간, 내가 싸들고 온 음식을 반찬 삼아 밥을 먹던 기자 한 명이 내게 물었다. "누나, 이거 이름이 뭐야?" 난 대답했다. "묻지 마, 다쳐. 그냥 먹기나 해." "요리 이름이 묻지 마 다쳐야? 맛있다……"

그건 밀전병이 없는 '무시포크', 그러니까 이미 볶아놓은 돼지고기, 표고버섯, 양배추에다 달걀과 파를 넣고 중국소스로 간을 하여 다시 한 번 뜨겁게 볶아낸 정체불명의 요리였다. ♠

서럽다 갈치조림

고양이야, 사실 나는 너를 좋아해.
동그랗게 말아 올린 꼬리의 곡선과 어둠 속에서도
초롱초롱 빛나는 눈을 어떻게 미워할 수 있겠니.
게다가 우린 식성도 같으니
생선을 사랑하는 동호회라도 만들어야겠어.
나랑 사이좋게 나눠 먹겠다는 약속만 해준다면.

* 고등학교를 졸업하고 서울에 처음 왔을 때 나의 거처는 이화여대 앞에 있는 하숙집이었다. 원래 계획은 지방학생들을 위한 여학생 기숙사에 들어가는 것이었는데, 기숙사에 자리가 없어 두 달쯤 대기해야 했기 때문이다. 하숙집에서 먹여주고 재워주니 태어나 처음 집을 떠났어도 크게 불편한 것은 없었다.

두 달 후에 드디어 입성한 기숙사도 좋았다. 아침, 점심, 저녁을 꼬박꼬박 받아먹고 밤마다 라면도 끓여 먹고 누군가 고향에 내려갔다가 바리바리 싸들고 온 음식으로 파티도 했다. 문제는 대학 3학년이 되면 기숙사에서 나와야 한다는 것이었다. 선택이 필요한 시점이었다.

입학 초기 두 달은 몰라도 장기적으로 하숙을 하는 것은 무리야, 그렇지 않아도 등록금 때문에 허리가 휘어지는 부모님에게 손을 벌릴 수는 없어, 라는 기특한 이유도 약간 있었지만 솔직히 이쯤에서 자취라는 것을 한번 해보고 싶어졌다. 내가 살 공간을 하나하나 내 손으로 꾸미는 것이 재미있을 것 같았기 때문이다.

기숙사에서 친하게 지내던 선배 언니와 둘이 학교 근처에 작은 방 하나를 구했다. 언덕을 올라가서 대문을 열고 계단을 올라가면 한쪽 구석에 작은 방 하나가 있었는데, 주인집과 조금 떨어져 있다는 것이 마음에 들었다. 방 옆에는 작은 부엌도 하나 딸려 있었다. 부엌에는 연탄을 땔 수 있는 아궁이와 허름한 선반 하나가 있었다. 가재도구라고 해봐야 작은 책장 하나, 앉은뱅이책상 하나, 휴대용 가스레인지 하나, 냄비 하나와 그릇 몇 개가 전부였지만 우리에겐 아늑한 공간이었다.

그렇다고 끼니때마다 시장을 봐서 상을 차려 오순도순 나눠 먹는 일은 거의 없었다. 언니도 나도 밖으로 나돌아 다니는 시간이 많아서 밤늦은 시간에 만나 잠깐 이야기를 나누거나 책을 보다가 잠이 드는 것이 일상이었다. 아침은 물론이고 저녁도 둘 다 밖에서 해결하는 편이었으니 부엌은 음식을 해먹는 곳이라기보다 연탄을 보관하는 창고 같은 곳이었다. 그러던 어느 날, 아르바이트비를 받은 나는 모처럼 영양보충을 해야겠다는 생각을 문득 하게 된다. 언니도 나도 고향이 부산인지라, 우리에게 영양보충이란 삼겹살을 구워 먹는 것이 아니라 오로지 생선을 먹는 것을 의미했다.

결심이 서자 나는 즉시 심사숙고에 들어갔다. 회는 비싸다. 고등어나 꽁치를 구워 먹어도 좋지만 그보다 좀 특별한 걸 먹고 싶다. 갈치는 어떨까? 생물은 역시 비싸다. 그럼 냉동으로 하자. 그러나 냉동은 그냥 구우면 맛이 좀 떨어지는데. 좋아, 그렇다면 갈치조림이다. 무도 넣고 파도 넣으면 양도 푸짐해지고 갈치도 더욱더 맛있어지겠지.

한 손에는 냉동갈치를, 다른 손에는 그새 꺼져버렸을 연탄 불을 피우기 위해 번개탄을 들고 언덕을 올라가는 나의 발걸음은 무척 가벼웠다. 오랜만에 부엌으로 들어선 나는 누군가에게 물려받은 오래된 전기밥솥에 밥을 안친 다음 갈치를 꺼내어 잠깐 동안 그 눈부신 은색 비늘을 감상했다. 하나뿐인 냄비에 무를 깔고, 그 위에 토막 낸 갈치를 차례차례 올리고, 고춧가루와 마늘과 간장을 넣고, 마지막으로 파를 썰어 넣었다. 냄비는 금세 보글보글 끓어올랐고 곧이어 갈치조림 냄새가 자욱하게 번져왔다. 바특하게 조려진 기특한 갈치조림과 갓 지어진 하얀 쌀밥. 뭐 이런 것을 내 손으로 만들었단 말인가. 나는 감격에 겨운 나머지 노래를 흥얼거리며 방으로 돌아와 선배 언니를 기다렸다. 나의 잘못이라면, 단지 그것뿐이었다. 맛있게 조려진 갈치조림을 혼자 꿰차고 홀라당 먹어버리는 대신, 언니의 흐뭇해하는 모습을 상상하고 미리 기뻐하며 인내했다는 것.

그날따라 웬일인지 빨리 오지 않는 언니를 기다리며, 머리에 들어오지도 않는 책에 코를 박고 나는 고픈 배를 달랬다. 조금만 버티면 황홀한 저녁식사를 할 수 있을 거라고 스스로를 타일렀다. 마침내 기나긴 기다림의 시간이 끝나고 반가운 언니의 발자국 소리가 들려왔다. 나는 문을 벌컥 열고 버선발(벗은 발)로 뛰어나가 언니를 맞이한 다음, 부엌으로 총알같이 달려갔다. 그리고 내가 본 광경은…… 한마디로 몹시 처참했다. 갈치조림이 담겨 있어야 할 냄비는 텅 비어 있고 한쪽이 찌그러진 냄비 뚜껑만 부엌바닥을 뒹굴고 있었던 것이다.

먹을 것을 빼앗겨본 자의 서러움은 먹을 것을 빼앗겨본 자만이 안다. 그건 매우 본능적이고 유치하고 일차원적인 서러움이어서 마음 놓고 하소연을 할 수도 없다. 두 눈 빤히 뜨고 날강도를 당한 나는 서러움을 애써 삼키고 언니와 함께 김치를 놓고 밥을 먹었다. 갈치조림을 훔쳐간, 아니 그 자리에서 바닥까지 싹싹 먹어치운 범인이 누군지는 쉽게 짐작할 수 있었다. 밤낮으로 우리 집 주위를 맴돌던 도둑고양이가 이게 웬 떡이냐, 하고 달려들었을 것이다. 그러고 보니 부엌문을 제대로 닫아놓지 않았던 것 같기도 하지만, 뭐 고양이가 두 발로 서서 문을 열었다 해도 썩 이상하지 않은 일이다.

그토록 얄미운 고양이였건만, 언니와 나는 마음껏 원망도 하지 못했다. "고양이들은 자기 욕하는 거 다 알아듣고 나중에 복수한대"라고 언니가 소곤거렸기 때문이다. 하긴 고양이도 무슨 죄가 있겠는가. 어디선가 생선 냄새가 솔솔 났고 그걸 따라갔더니 냄비 가득 갈치조림이 있었고 그래서 냠냠 맛있게 먹어준 거다. 그래, 이해한다. 다 이해하니까, 부디 복수 같은 것은 하지 말아줘. ♠

삼겹살의 비밀

무슨 마음을 먹고 그런 짓을 했는지는 모르겠으나,
언제가 『PAPER』 식구들끼리 삼겹살 실험을 한 적이 있다.
가장 괴이하고 극악했던 것은 '담뱃재에 절인 삼겹살'이었다.
무슨 맛이냐고? 담뱃재 맛이다.

* 내가 삼겹살을 처음 먹은 것은 대학교 1학년 때였다. 우리 집이 특별히 가난해서 또는 유난히 잘 살아서 그런 것이 아니다. 그건 다만 한 집안의 식생활을 좌우한다는 가장이 고기를 싫어하기 때문이다. 자연히 우리 집 밥상은 생선들이 독차지해 왔다. 구운 생선, 찐 생선, 갓 잡은 생선, 마른 생선……('조린 생선'은 별로 먹어본 기억이 없다. 아빠는 양념보다 재료의 맛을 그대로 살린 조리법을 선호하셨다).

이렇게 생선 마니아인 아빠를 둔 덕분에, 어쩌다 가끔 고기 구경을 해도 불고기나 갈비 정도였지 삼겹살을 지글지글 구워 먹는다거나 치킨을 시켜 먹는 일은 절대로 없었다. 나는 고등학교를 졸업할 때까지 부산에 살았으니, 친구들과 삼겹살집에서 소주잔을 기울일 일도 없었다. 더구나 이상하게도 부산에는 삼겹살집이 거의 없어서 오다가다 그런 풍경을 본 적도 없다. 그러니 대학에 들어와 선배들을 따라 처음 삼겹살집에 갔을 때의 그 놀라움이 어떠했겠는가. 고기 반 기름 반인 그것을 불 위에서 지글지글 구워 상추에 싸서 한입에 꿀꺽 하는 모습이 얼마나 생경했겠는가. 그것도 마늘이랑 고추랑 쌈장을 듬뿍 넣어서 말이다. 이 부분에서 나는 나의 존경하는 성석제 선배를 떠올리지 않을 수 없다.

경북 상주가 고향인 성 선배 역시 뒤늦게 삼겹살의 세계에

발을 들여놓았는데, 그가 처음으로 삼겹살을 맛본 것은 군대에서 첫 휴가를 나왔을 때였다고 한다. 군인의 신분으로 친구들과 함께 삼겹살집에 갔는데, 처음에는 '뭐 이렇게 맛있는 게 다 있나' 싶었고, 그다음에는 '이런 걸 그동안 저희들끼리 먹었단 말인가' 하고 통탄했으며, 마지막에는 억울한 마음에 그 식당에 있던 사람들을 전부 때려주고 싶었단다. 난 그 정도까진 아니었지만, 한 번 맛을 본 후로 종종 삼겹살을 즐기게 되었고, 기억에 남을 만큼 맛있는 삼겹살도 몇 번인가 먹어보게 되었다.

삼겹살은 보통 고기의 질로 맛이 결정되는 것이지만, 고기에 색다른 양념을 가미하여 사람들을 끌고 있는 곳도 있다. 와인에 담근 삼겹살, 고추장으로 무친 삼겹살 등이 흔한 케이스다. '요리는 실험이다'라는 신조를 가진 내가, 새로운 삼겹살 양념에 도전해보고 싶어하는 것도 당연한 일이다. 그러나 삼겹살과 어울리는 양념을 개발하게 된 결정적인 계기는, 인터뷰를 인연으로 만난 이홍렬 아저씨가 만들어주셨다. 그가 데리고 간 삼겹살집의 간장양념장이 기가 막혔던 것이다. 나중에 알고 보니, 그곳은 여의도에서도 맛있는 삼겹살로 유명한 집이었고, 지금도 승승장구하고 있다.

그리하여 나는 사뭇 충만한 도전의식으로, 철저한 사전준비와 실험 끝에 '끝내주는' 맛의 삼겹살을 만들어냈으니, 여기 그 비밀을 밝힌다. 다만 한 가지 부탁드리고 싶은 것이 있다. 혹시라도 이 비법을 이용하여 삼겹살집을 차리려는 분, 이미 삼겹살집을 하고 계신 분 중 이 비법을 이용하려는 분들은 반드시 사전에 통보해주시기를 부탁드린다. 아이디어 이용료는 받지 않겠다. 다만, 언제라도 내가 찾아가면, 한 상 차려주겠다는 약속만 하면 된다. 제가 먹어봤자 얼마나 먹겠습니까. 꼭 부탁드립니다.

자, 이제 비법이다. 내가 개발한 양념 삼겹살에는 세 가지 타입이 있다. 우선 '깊고 부드럽고 구수한 맛'의 '된장양념 삼겹살'. 된장, 설탕, 다진 마늘, 다진 생강, 참기름, 고추장, 간장, 청주를 적절히 배합하여 만든다(비율은 직접 실험해보세요. 이것까지 알려드리면 요리 만드는 재미가 없으실 거예요). 여기에 땅콩버터를 넣어서 골고루 섞은 다음 삼겹살과 버무려 하루 정도 재어둔다. 이 땅콩버터가 바로 나의 비밀병기인 것이다. 된장양념 삼겹살은 깊은 맛을 낸다.

둘째, '매콤하고 자극적인 맛'의 '고추장양념 삼겹살'. 고추장, 고춧가루, 간장, 마늘, 깨소금이 들어간다. 고추장과 고춧가루의 비율을 바꿔가며 가장 적절한 맛을 찾아보자. 마지막 비밀병기는 양파즙이다. 설탕 대신 양파를 갈아서 듬뿍 넣어 단맛을 더하는 것이다. 좀 더 사치를 부리고 싶다면 배나 사과를 갈아 넣어도 좋다.

셋째, 불고기보다 맛있는 '간장양념 삼겹살'. 간장, 설탕, 다진 마늘, 다진 파, 참기름, 그리고 여기에서의 비밀병기는 콜라다. 삼겹살이 푹 잠길 정도로 넉넉히 콜라를 부어 재어두자. 달콤하면서도 짭짤한 맛이 입맛을 팍팍 끌어당길 것이다.

이 세 가지 스타일의 삼겹살 때문에 다이어트에 실패했다는 항의는 정중히 사양합니다. 이상. ♠

장조림 하나면 두려울 것이 없다

도시락 뚜껑을 열었을 때 장조림이 등장하면,
어쩐지 사랑받고 있다는 기분이 들었다.
나는 이제 장조림을 썩 잘 만들 수 있게 되었지만, 우리 엄마는
요즘도 가끔 장조림을 만들어 택배로 보내주곤 한다.
이러니저러니 해도 가장 맛있는 것은 엄마표 장조림이다.

* 꼬마 유리병에 담긴 깍두기, 노릇노릇 구워진 소시지(난 달걀을 뒤집어쓴 소시지보다 그냥 구운 소시지를 좋아했다), 생선 중에서 내가 제일 좋아하는 가자미를 튀겨서 달콤하게 조려낸 것, 고소한 멸치볶음(엄마는 주로 간장보다 고추장에 볶아주셨다), 잘게 다진 채소들이 골고루 들어간 달걀말이…… 도시락 뚜껑을 열 때면 오늘은 무슨 반찬일까, 하고 가슴이 콩콩 뛰었던 기억이 난다.

나는 특별히 편식을 하지도 않고 밥맛이 없어서 밥을 먹지 못한 적도 거의 없다. 젖을 뗄 무렵에는 어떤 이유식도 먹지 않아서 엄마가 고민을 했다고 하는데, 결국 한약방에서 일러주는 대로 개구리 뒷다리를 삶아 먹였더니 그다음부터 아무거나 다 잘 먹었다고 한다(으음…… 그런 걸 먹였단 말이지……). 그 덕분에 한창 자랄 때도 엄마가 해주는 것은 무엇이든 잘 먹게 되었다……라고 쓰려다보니, 엄마는 내가 좋아하는 음식을 주로 해주지 않았을까 하는 생각이 든다.

어쨌거나 도시락을 까먹는 점심시간이 없었다면, 그 지루한 수업들로 가득한 학교를 어떻게 다녔을까 싶다. 책상을 붙여놓고 옹기종기 모여 앉아 도시락 뚜껑을 열고, 다른 아이들은 무슨 반찬을 싸왔나 구경하고, 맛있어 보이는 반찬을 나눠 먹었던 그 시절에, 모든 아이들의 열렬한 환호를 받았던 도시락 반찬은 바로 장조림이었다.

엄밀히 말하자면 '장을 이용하여 조린' 음식들은 모두 장조림이라고 부를 수 있을 테지만, 보통 우리가 장조림이라고 하면 쇠고기 장조림을 지칭하는 것이다. '조림'은 구이나 튀김보다 어쩌면 더 어려운 조리법일 수도 있다. 재료 손질이 복잡하다거나 조리 과정이 까다롭다거나 특별한 테크닉이 필요한 것은 아니지만, 자칫 하면 국물이 흥건해지고 조금만 방심하면 바싹 졸아버린다.

조림은 '삶는' 과정과 '음식에 간이 배도록 조리는 과정'으로 나뉜다. 쇠고기 장조림을 할 때는 우선 고기가 잘 삶아질 수 있도록 물을 충분히 부어야 한다. 물의 양은 재료가 완전히 잠길 정도, 쇠고기 한 근(600그램)이라면 4컵 정도가 적당하다. 처음에는 물이 너무 많은 듯한 기분이 들어서 망설여지지만, 내가 여러 번 실험해본 결과 그 정도 물은 넣어줘야 한다는 결론이 나왔다. 그다음으로 중요한 것은 간장과 설탕의 비율이다. 짠맛이 나는 간장과 단맛이 나는 설탕은 너무나 잘 어울리는 한 쌍의 양념이다. 설탕은 간장의 깊은 맛을 끌어내고, 간장은 설탕의 부드러운 맛을 이끌어낸다. 아이들용으로 만들 때는 간장 대 설탕의 비율이 4:1 정도면 좋다. 단것이 싫다면 5:1이 적당하다. 간장은 물의 4분의 1 정도로 넣는 것이 좋으므로, 정리를 하자면 쇠고기 한 근에 물 4컵, 간장 1컵, 설탕 4분의 1컵이라는 결론이 나온다.

장조림을 하기 위해서는 우선 정육점에서 고기를 사야 하는데, 우둔살 또는 홍두깨살을 달라고 하면 된다. 쫄깃한 맛을 즐긴다면 국거리용으로 팔고 있는 양지도 괜찮다. 나는 주로 호주산 양지를 사용하는데, 이른바 '마블'이라고 하는 하얀 기름이 결마다 스며들어 있어서 감칠맛이 난다. 메추리알이나 달걀을 함께 넣고 싶다면 그것도 준비한다. 그리고 냉장고를 뒤져 통마늘과 대파, 생강을 찾아내면 재료 준비는 끝난다.

커다란 냄비에 큼직큼직하게 썬 고기(나중에 손으로 찢을 거니까 달걀만 한 크기면 됩니다), 통마늘(마늘은 물론 까서 넣어야겠지요), 대파(큼직큼직하게 아무렇게나 뚝뚝 잘라 넣으세요. 어차피 나중에 건져낼 거니까), 그리고 생강(껍질을 벗겨 과감하게 통째로 빠뜨리면 됩니다)을 담은 후 물을 붓는다. 쇠고기가 삶아질 동안 다른 한쪽에서는 메추리알을 삶는다. 메추리알은 뜨거운 물에 들어가면 깨져버리니까 물이 찰 때 넣어서 삶아준다.

두 개의 냄비를 거의 동시에 불에 올렸다면, 메추리알부터 익을 것이다. 삶아진 메추리알은 차가운 물에 풍덩 빠뜨려서 식힌 다음, 껍질을 깐다. 메추리알 껍질을 다 까고 고기 삶는 냄비를 들여다보면, 고기가 푹 삶아져 있을 것이다(젓가락으로 푹 찔러보세요. 젓가락이 쑤욱 들어가면 다 익은 것입니다). 고기 냄비에서 생강과 대파는 건져낸다(이들은 고기 냄새를 제거하고 국물 맛을 내기 위해 넣은 것이니까, 더 이상 필요가 없어졌죠). 이 상태에서는 아마 3분의 1이나 2분의 1쯤 물이 사라졌을 것이다.

이제 여기에 간장과 설탕을 넣을 차례이다. 분량에 맞추어 환상의 콤비인 두 가지 양념을 넣고, 삶아서 껍질을 깐 메추리알도 넣는다. 이제 불을 줄인다. 고기와 메추리알에 간이 완전히 배어들려면, 냄비에 물이 자작하게 남을 정도로 한참 조려야 한다. 하지만 그렇다고 불 위에 올려둔 냄비를 잊어버리면, 바싹 졸아들어 국물 한 점 없거나 아예 타버린 결과물을 맞이하게 될 수도 있으니, 냄비를 자주자주 들여다보아야 한다. 완전히 조려지면 고기를 식힌 다음 손으로 찢어준다. 이때는 고깃결을 따라 찢어야 하는데, 이리저리 찢다보면 유난히 잘 찢어지는 쪽이 결대로 찢기는 것이다(칼로 썰어버리는 사람도 있는데, 아무래도 모양과 맛이 떨어진다). 고기가 먹기 좋게 찢어졌으면 마지막으로 자작하게 남은 국물에 고기를 잘 버무려주는 일이 남았다. 고기는 덩어리째 삶아졌기 때문에, 안쪽까지는 간이 잘 배지 않았을 테니, 국물에 버무려주어야 맛이 살아난다. 처음부터 썰어서 넣지 않고 덩어리째 삶는 이유는, 그렇게 해야 고기가 연해지기 때문이다.

손이 많이 가고 시간도 많이 드는 요리지만, 장조림은 오래 두고 먹어도 좋은 거니까, 나는 여유가 있을 때마다 만들어두는 편이다. 단백질은 보충해야겠는데 생선을 굽기는 번거롭고 고기를 구워 먹기도 여의치 않을 때, 장조림만큼 제 역할을 톡톡히 해주는 음식은 흔치 않다. 쇠고기 대신 닭고기나 돼지고기를 이용할 수도 있는데, 닭고기의 경우에는 물의 양을 조금 적게 잡아야 한다. 수영을 즐기는 닭고기를 보고 싶지 않다면 말이다. ♠

'깊은 밤을 함께' 보내는 데 필요한 음식들

MT의 시작은 역시 청량리역에서 경춘선을 타고
기차 안에서 고래고래 노래를 부르는 것이다.
당시 기차 안에 함께 탔던 분들에게, 늦었지만 사과를 드린다.
시끄럽게 해서 죄송합니다.

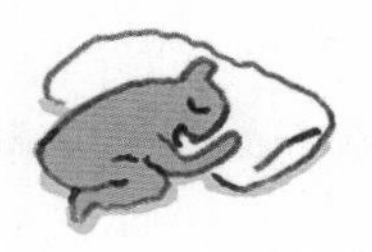

* MT는 Membership Training의 약자지만, 혹자에 의해 Midnight Together로 불리기도 한다. 대체로 MT에서는 '트레이닝'보다 '밤새워 마시고 망가지자' 쪽이 권장되므로, 역시 전자보다는 후자 쪽이 나름대로 타당성을 가지고 있는 듯하다. 대부분의 사람들과 마찬가지로 나 역시 대학 1학년 봄에 첫 MT를 가게 되었는데, 온갖 미사여구를 동원하여 MT 찬양론을 펼치던 선배들이 대부분 불참했다는 것을 알고서 배신감으로 치를 떨었던 기억이 난다.

그러나 1박2일간의 짧은 여행은 언제나 즐거웠다. 비가 쏟아지는 밤에 숙소를 구하지 못해 헤매면서 돌아다니던 기억, 무밭에서 서리를 하는 선배들을 위해 벌벌 떨면서 망을 보던 기억, 밭에서 캐내어온 무를 쓱쓱 썰어서 깨물 때의 그 쌉싸래한 맛, 술에 취해 한밤중에 실종된 누군가를 찾으러 온 동네를 이 잡듯 뒤지고 다니던 기억(결국 찾다 찾다 포기하고 숙소로 돌아왔는데, 그 인간은 숙소 구석에서 잠을 자고 있었다)…… 그 하룻밤 동안 무수히 많은 일들이 일어났고, 그 기억을 고스란히 함께 간직한 채 서울로 돌아오면, 우리들은 어느새 좀 더 가까워져 있곤 했다. 참 신기하게도, 가장 춥고 배고프고 파란만장했던 기억들이 지금에 와서 가장 재미있는 추억거리가 되어버렸다.

배가 고프다는 말이 나왔으니 말인데, MT에서 밥이 모자라거나 고기가 모자라서 제대로 먹지 못하는 것만큼 서러운 일은 없다. 내가 대학을 다닐 때는 MT를 떠나기 전, 누구는 쌀, 누구는 김치, 누구는 코펠 하는 식으로 가지고 올 것들을 분담하곤 했는데, 막상 도착해서 확인해보면 빈손으로 몸만 덜렁 온 사람들이 꽤 있다. 매번 그런 일을 당하면서도 거기에 대한 대책을 세우는 법이 없기 때문에, 식사시간이 되어서야 부랴부랴 쌀을 사온다, 김치를 얻어온다, 냄비를 빌려온다 하며 부산을 떨었다. 밥은 어떻게 준비가 된다 해도, 반찬이라고 해야 꽁치 통조림을 따 넣고 고추장을 넣어 푹푹 끓여낸 찌개 하나가 전부였던 경우도 많았다. 하지만 그런 찌개가 꿀맛으로 여겨지니 참 알 수 없는 일이다(물론 요리한 사람에 따라 독특한 맛의 찌개가 탄생하기도 한다. 이럴 때는 밥과 김치만으로 배를 채울 수밖에 없다).

이런 기억을 떠올리다보니, 갑자기 MT를 가고 싶은 마음이 굴뚝같아진다. 올망졸망한 친구들과 함께 서울을 벗어나 실컷 먹고 떠들며 하룻밤을 함께 보낸다면 스트레스가 모조리 날아갈 것 같다. 첫날 저녁에는 다들 고기를 먹으려고 하겠지. 누군가에게 고기를 재어 오라고 할 수도 있지만, 그러면 그 누군가의 어머니가 고생을 하시게 될지도 모르니 돼지고기를 좀 넉넉하게 사가지고 가야겠다. 삼겹살은 어쩐지 식상하고, 돼지고기 피자소스구이는 어떨까. 제목은 거창하지만 사실 이보다 간단한 돼지고기 요리는 없다. 돼지고기는 살코기로 골라 얇고 넓적하게 썰어달라고 정육점에 부탁한다. 이것을 프라이팬에 그대로 구우면서 소금과 후추를 약간씩 뿌려준다. 버터가 있으면 버터를 먼저 넣고 구워내면 더 좋다. 고기가 다 익으면 피자소스를 얹어 따끈할 때 먹으면 된다(피자소스는 슈퍼 등에서 구입할 수 있다).

고기를 어느 정도 먹고 나서도 꼭 밥을 먹어야 한다는 사람이 있다. 이때는 참치나 꽁치통조림과 김치를 냄비에 한꺼번에 넣고 물을 부어 끓여서 밥과 함께 내놓으면 된다. 김치에 갖은 양념이 다 되어 있으니까 특별히 다른 양념을 첨가하지 않아도 되므로 역시 이보다 쉬운 찌개요리는 없다. 배가 부르면 그때부터는 과자나 오징어 같은 것들을 술안주로 해서 먹고 마시면 되는 것이다.

그리고 다음 날 아침, 전날 남은 김치를 이용하여 김치밥을 만들면 다른 반찬이 필요 없다. 밥을 지을 때 물로 한 번 씻은 김치와 쌀을 한꺼번에 넣고 밥솥에 안쳐서 그대로 밥을 하면 오케이. 전날 먹던 고기가 남아 있으면 그것도 같이 넣어준다. 물론 고기와 김치는 먹기 좋게 썰어야 한다. 여기에다 어묵국을 곁들이면, 전날 과음으로 인해 숙취에 시달리는 사람들에게 환영을 받을 것이다. 어묵국은 언젠가 『PAPER』 식구들과 함께 갔던 MT에서 조병준 선배가 선보였던 것인데, 어묵을 썰어 넣고 팔팔 끓이다가 먹다 남긴 라면수프를 넣고 간을 맞추었다. 그는 배낭여행을 떠나기 전에 온 동네 라면수프를 박박 끌어모아 싸들고 가는데, 여행지에서 라면수프만 한 게 없다고 열변을 토한 바 있다. 특히 국물요리가 별로 없는 나라에서 과음을 하고 난 다음 날 아침, 뜨거운 물에 라면수프를 탄 것만으로도 쓰린 속을 달랠 수 있다는 것이다.

자, 이제 총정리. MT 전에 슈퍼에 들러 돼지고기, 피자소스, 어묵, 김치, 참치통조림을 산다. 이것으로 1박2일 동안 즐거운 만찬을 즐길 수 있다. 네? 술이 빠졌다고요? 아아, 그거야 취향대로 마음대로, 카트에 차곡차곡 쌓아 올려주세요. ♠

바다가 그리울 때 소라비빔밥

이제 와 그리운 것은, 언제라도 '바다를 보러 가자'라고
말할 수 있었던 위험한 생의 한가운데,
그 말 한마디로 당장 떠날 수 있었던 친구들,
두근거리는, 두려워하는, 눈물 어린 시간들이다.
억제하지 않아도 괜찮았던, 덜 익은 욕망들이다.

* 그 시절에, 밤을 새는 것은 흔한 일이었다. 뜨겁고 치열한, 그러나 결론이 나지 않는 논쟁들이 끝나고 새벽이 되었다. 지친 발걸음들이 뿔뿔이 흩어지고 난 후, 누군가 내게 바다를 보러 가자고 했다. 가슴이 쿵, 하고 내려앉았다. 나는 바닷가 도시에서 태어나 바닷가 도시에서 살다가 바닷가 도시를 떠나온, 스무 살의 이방인이었으니까. 내가 떠나온 그리운 바다가 아니라 한 번도 보지 못한 낯선 바다를 보러 가는 일이, 두렵고 무서웠다. 신도림역을 통과하던 쓸쓸한 새벽바람을 기억한다. 누군가의 어깨를 무겁게 짓누르고 있던 커다란 배낭도 기억난다. 그날 본 바다는 기억나지 않는다. 바다 앞에서, 나는 눈을 감아 버렸던 건지도 모르겠다.

내가 아는 바다는, 하고 문장을 시작하려니 또 가슴이 쿵, 내려앉는다. 혼자 버스를 탈 수 있을 만큼 자란 이후부터 바다는 내게, 내가 갈 수 있는 길의 끝이었다. 중학교 때는 친구들과 태종대를 들락거렸고, 고등학교 때는 집에서 조금 먼 곳에 있는 해운대와 광안리도 가끔 찾아갔다. '폭풍이 닥친 바다를 다녀와서 그 인상을 내게 전해달라'는 기형도 선배의 엽서를 받고 비바람이 몰아치는 송정의 거친 바다를 보러 간 적도 있었다. 그날 바다를 등에 지고 돌아오다가 이중섭 전시회에 들렀다. 은빛 지느러미를 파닥이며 담뱃갑의 은박지 속에 갇혀 있던 물고기와 몸을 떨고 있는 묶인 새가 아프게 마음을 파고든 것은, 바다가 내게 남긴 인상 때문이었는지도 모르겠다.

이런 바다, 저런 바다 중에서도 유난히 내가 좋아하던 곳은 태종대에 있었다. 입장권을 끊고 들어가면 전망대라거나 자살바위 같은 것을 볼 수도 있고 바다에 인접한 언덕을 따라 천천히 산책도 할 수 있지만, 나는 좀 더 야성적이고 좀 더 쓸쓸한 울타리 밖의 바다가 좋았다. 대학입시를 앞둔 고등학교 3학년 때는 주말마다 '그' 바다로 도망쳤다. 야간자율학습이 그나마 일찍 끝나는 토요일 밤, 인적이 드문 시내를 가로질러 바다를 향해 달리던 버스에서는 벌써 바다 냄새가 났다. 바람이 많이 부는 날에는 바닷가에 홀로 서 있는 작은 집처럼 덜컹거리는 버스였다. 웅성거리는 파도 소리가 해초처럼 온몸을 휘감으면 나는 바다라는 거대한 존재의 일부가 될 수 있었다. '그' 바다에 머물 수 있는 시간은 아주 짧았지만, 그렇게라도 바다를 볼 수 없었다면 제대로 숨을 쉬지 못했을 것이다.

"소라에 귀를 대면 파도 소리가 들린다지."

오랜 세월이 흘러 '그' 바다와 나 사이가 멀어질 대로 멀어졌을 때, 누군가 내게 그런 말을 했다. '어릴 때 다들 한 번씩 해 보지 않았나?' 생각하며 미소를 짓는데, 문득 울컥, 하고 바다가 보고 싶어졌다. 장바구니에 소라 두 마리를 집어넣은 건 그

때문이었다. 엄마가 가끔 해주던 소라비빔밥이 기억났다. 살아 있는 싱싱한 소라에 실파, 양파, 배를 채 썰어 넣고 초고추장에 비벼 먹던 별식이었다. 하지만 수산시장에 가지 않는 이상, 살아 있는 소라를 구하기는 쉽지 않다. 끓는 물에 소금을 넣고 소라를 삶으며 냉장고를 뒤진다. 실파와 배가 없으므로 그 대신 양파와 오이를 채 썰어 소금에 살짝 절이고 물미역을 깨끗이 씻어서 먹기 좋게 썬다. 양파와 오이의 물기를 짜서 그릇에 담고, 깻잎을 채 썰어 담고, 그 위에 미역과 무순을 얹은 다음, 먹기 좋은 크기로 썰어둔 소라를 얹는다. 여기에 밥과 초고추장을 넣고 비빈다. 소라를 삶아낸 물에는 다진 마늘을 넣고 소금으로 간을 한 다음 모시조개를 넣고 끓여 조개탕을 만든다. 바다의 향기가 조금 진해진다.

바다로 갈 수 없는 날에는, 바다를 식탁으로 불러오기로 한다. 그렇게 한바탕 바다를 차려 먹고 나서, 빈 소라 껍데기에 귀를 대본다. 내가 너무 멀리 떠나온 건가? 나는 중얼거리고, 한때 바다가 품었을 소라 껍데기는 쏴쏴 파도 소리를 낸다. 밀려오고, 밀려간다. ◆

지상 최고의 과메기

과메기가 뭔지도 몰랐던 이들을
과메기 애호가로 만든 사람이 나다.
그러고 나서 그걸 빼앗아버렸으니 원망도 들을 만하다.
그러니까 미리 경고하지 않았던가.
세상의 모든 최고를 조심하라고.

시간이
더 필요해.

* 불과 몇 년 전만 해도 과메기는 그리 흔한 음식이 아니었다. 열이면 아홉은 "과메기? 그게 뭐야?" 하고 생뚱맞은 얼굴을 했다. "생선이야. 요즘은 주로 꽁치로 만드는데, 원래는 청어로 하는 거였대." 이렇게 대답하면 "꽁치나 청어로 만드는 요리야? 어떻게 만드는데?"라는 질문이 돌아온다. "밖에다 널어놓는 거야. 겨울철 바닷가에. 그럼 꽁치가 얼었다가 녹았다가 하면서 반쯤 건조되는 거야." "그래서?" "초고추장에 찍어 먹는 거지." "글쎄 그걸 굽는 거야, 찌는 거야?" "아무것도 안 해. 그냥 먹어." 여기까지 대답하고 나서 나는 일단 한숨을 한 번 쉬어야 한다. 다음에 돌아올 반응이 불 보듯 뻔하기 때문이다. "뭐? 생선을 그냥 먹는다고? 날것을 먹는단 말이야?"

그렇다. 살아 있는 생선을 잡아 회를 친 것도 아니고, 오래오래 방치했다가 날로 먹는다는 이유 하나만으로 미개인 취급을 당하던 시절이 분명히 있었다. 괜히 이야기를 꺼냈다가 상대가 슬금슬금 뒷걸음질을 칠 수도 있기 때문에, 세상에 그런 음식이 있다는 것을 비밀에 부쳐야 했던 시절이, 그리 멀지 않은 과거에 버젓이 존재하고 있는 것이다.

나의 첫 번째 과메기는 손가락으로 꼽기도 힘든 아득한 옛날, 내 인생에 불쑥 등장했다. 몇 살쯤이었을까, 도통 감이 잡히지 않지만, 어른들의 무릎 위에 달랑 올라앉으면 쏙 안기는 정도의 나이였을 것이다. 어디에선가 바다 냄새가 났고, 겨울 바람이 창문을 흔들며 엄포를 놓았다. 다시 말해 아빠의 고향, 구룡포였고 한겨울이었다. 아빠와 함께 있던 아저씨들은 아빠의 고향친구들이었을 것이다. 다들 앉은뱅이 상을 중심으로 동그랗게 모여 있고 상 위에는 푸른 생선이 산더미처럼 쌓여 있다. 그물에서 낚아 올리듯 생선 한 마리를 건져 얇은 껍질을 벗기고 결을 따라 쭉쭉 찢는 손들이 부산하다. 한 손에 그것을 든 채 다른 손으로 소주 한 잔을 탁, 털어 넣고 초고추장을 듬뿍 찍어 입으로 가져가는 아저씨들. 잠시 후, 입맛을 다시는 소리와 만족을 표현하는 감탄사.

나는 잠도 안 자고 말똥말똥 그 풍경을 바라보다가, 가끔 아빠가 작게 찢은 생선을 입에 넣어주면 갓 태어난 아기새처럼 날름날름 받아먹는다. 아빠의 친구들은 조금 신기해한다. 어린 애가 과메기 맛을 아네, 하면서 기특하다는 듯이 웃음을 터뜨린다. 그때는 몰랐지만, 그게 과메기였다.

그러니까 나는 과메기가 어떻게 만들어지는지 전혀 몰랐기 때문에 과메기에 대한 선입견이 없었다. 아빠와 어른들이 다들 맛있게 먹으면서 연신 감탄을 터뜨렸으므로 '아! 이건 뭔가 엄청 맛있는 거야!' 하고 생각한 게 당연하다. 그런 연유로 아이답게 순수하게 아무런 의심도 없이 받아들인 것이다. 그러고 보면 어른이란 한편으로 가엾은 존재다. 따지고 분석하고 판단하고 하느라 정작 맛을 보지 못하니까.

어찌되었거나 한때 누명을 뒤집어쓰고 지하세계에서 활동하던 과메기에 대해 정식으로 소개를 해보자. 다들 알고 계시겠지만 과메기는 갓 잡은 신선한 청어나 꽁치를 바깥에 내다 걸어 밤낮으로 말리는 것이다. 겨울바람과 바닷바람 속에서 얼어붙었다가 녹기를 반복하면서 표면이 꼬들꼬들해지는데, 그래도 속에는 습기를 머금고 있어 말랑말랑하다. 과메기를 말리는 데는 예부터 구룡포만 한 곳이 없다고 한다. 바다가 깊으니 물고기도 잘 잡히고 추위가 매서우니 잘 얼고 바람이 잘 부니 잘 말라간다. 이런 과정을 거친 청어나 꽁치를 과메기라고 부르게 된 것은, '관목(貫目)', 즉 '꼬챙이로 눈을 꿰었다'라는 어원 때문이다. '목'은 구룡포 방언으로 '메기'라고 발음하기 때문에 관목이 관메기로, 다시 ㄴ이 탈락하면서 과메기로 굳어졌다고 한다. 과메기의 전설 중 하나는, 가난한 선비가 과거를 보러 서울로 가는 길에 생선 몇 마리를 새끼줄에 묶어서 갔는데, 이것이 얼었다 녹았다 하면서 그냥 먹기에도 썩 괜찮은 것으로 변신했다는 것이다. 그럴듯하지만 술자리에서 얼핏 들은 이야기인지라 진실 여부는 상당히 파악하기 힘들다.

좌우지간 조리를 하지 않은데다가 완전히 말리지도 않은

생선을 어떻게 먹느냐, 오징어도 아니고 안 그래도 부패하기 쉬운 푸른 생선이 아니냐, 인류는 불을 사용하는 동물이라는 사실을 망각하고 있는 거냐, 너는 인간이 아닌 것이냐, 하고 왈가왈부하며 생리적으로 거부하는 사람들도 꽤 있지만, 과메기의 경우는 부패가 아니라 숙성이라고 하는 편이 옳다. 지방질이나 단백질은 공기와 접촉하면 산패하지만, 꽁치는 껍질이 막처럼 살을 감싸고 있어서 공기의 접근을 용납하지 않는다. 과메기가 매우 건강하고 깨끗한 음식이라는 사실이 알려지면서 과메기의 미덕이 속속 드러나기 시작했는데, 좋은 식품이 다 그러하듯 남녀노소 누구에게나 좋은 영향을 미치는 가히 만병통치약, 아니 만병예방약이라 할 만하다. 어린이의 성장을 돕고 어른들의 뇌가 쇠퇴하는 것을 방지할 뿐 아니라 남자들에게는 힘을, 여자들에게는 매끄러운 피부를 선물한다. 등푸른 생선은 DHA와 오메가3지방산의 보고인데, 청어나 꽁치가 과메기로 변신하는 과정을 통해 놀랍게도 이 성분이 더욱 증가한다는 것이다.

운 좋게도 나는 겨울마다 과메기를 포식해왔다. 그것도 지상 최고의 과메기를 말이다. 나에게는 포항에서 식당을 운영하는 고모가 한 분 계신데, 우리 가족이 먹는 과메기는 '판매용'이 아니라 '가족용'으로 따로 말린 것이었다(물론 판매용으로 만든 과메기도 최상급이었습니다). 슬슬 기온이 떨어지고 찬바람이 돌기 시작하면 '과메기 나왔다'는 반가운 소식이 들려왔다. 과메기란 역시 혼자서 몰래 냠냠 짭짭 먹는 것보다는 여럿이 둘러앉아 껍질 벗겨가며 손에 기름기 묻혀가며 왁자지껄 먹어야 제 맛인지라, 나는 해마다 '과메기 파티'를 위해 지인들을 불러 모으곤 했다. 첫해에 불려온 사람들의 반 이상은 "과메기가 뭐야?" "아니 그걸 어떻게 그냥 먹어?" "엄청 비릴 것 같은데?" "불에 구우면 안 되나?" 같은 복장 터지는 소리를 했지만 그것도 잠시, 잘 만든 과메기에서는 비린내가 전혀 안 날뿐더러 그 맛의 오묘함은 세 치 혀로 설명이 안 된다는 사실을 다들 금방 깨달았다. 한 번 과메기를 입안으로 집어넣은 사람들은 배가 부를 때까지 말도 안 했다. 단지 과메기를 먹을 때만 입을 열 뿐이었다.

그리하여 두 번째 해부터는 사정이 달라졌다. 아직 가을이 물러가지도 않았는데 슬금슬금 나한테 다가와서 '올해는 언제 오나, 과메기?' 하고 눈치를 보는 것이었다. 행여 자기를 빠뜨릴까봐 과메기 철이 다가오면 유난히 나한테 잘해주는 사람들도 있었다. 하지만 과메기가 도착하는 날짜는 예측 불가능이었다. 우리 고모도 경상도 여인인지라 사전 예고 같은 건 없었다. 어느 날 불쑥 전화를 걸어 "보냈다", 이게 끝이었다. 그러면 나는 인사동에서 카페를 하는 아리랑 언니에게 전화를 넣었다.

언니는 과메기를 맞이하기 위한 준비를 서두르고(미역, 김, 쪽파, 마늘 등을 과메기와 함께 먹는데, 사실 맛있는 과메기는 다른 것을 필요로 하지 않는다. 초보자들은 열심히 뭔가를 곁들이지만 이내 그 자체의 맛을 그대로 즐기는 것이 최고라는 것을 깨닫게 된다), 나는 생각나는 사람들에게 연락을 한다. '바로 오늘이 그날'이라고 하면 시간이 나는 사람은 달려오고 불행히도 다른 일이 있는 사람은 눈물을 머금었다. 세 번째 해에는 만사 제쳐놓고 과메기를 만나러 오는 사람도 생겨났다. 기회는 다시 오지 않으며 과메기는 기다려주지 않는다는 것을 뼈저리게 배웠기 때문이다. 그렇게 바다와 계절의 축복을 한껏 누린 후에 내가 듣는 말이 있었다. 지상 최고의 과메기를 먹었으니 이제 다른 건 못 먹는다, 내년에도 책임져라, 라는 소리였다. 그럼 나는 뿌듯한 심정으로 "아아, 하는 거 봐서" 하고 거만하게 대답했다.

그런데 이제 그런 거만도 못 떨게 되었다. 과메기는 그만두겠다고 고모가 날벼락 같은 선언을 하신 것이다. 생선을 손질하고 추위를 맞아가며 말리고, 그 과정이 보통 어려운 일이 아니라는 것을, 전부는 아니라도 조금은 짐작할 수 있었다. "나도 이제 나이가 들어서"라고 고모는 말했다. 고모를 위해 다행한 일이고, 그동안 잘 얻어먹은 것만으로도 감사 곱하기 감사할 일이다.

지난겨울, '올해가 마지막'이라는 비보를 접한 '과메기 동지'들은 침통한 표정으로 과메기를 맞이했다. 물론 고모는 '내가 만든 건 아니지만 구룡포 제일의 과메기'를 소개해주겠다고 약속했고, 나는 그 약속으로 사람들을 달랬지만, 그들은 결코 만족하지 않았다. 애써 위안을 삼긴 하겠으나 별로 믿음은 가지 않는다는 표정들이었다. 그 심정, 안다. 지상 최고의 뭔가를 맛본다는 것, 그건 굉장히 위험한 일이니까. ♠

아쉬운 대로 새우초밥

나보다 두세 살 어린 그들은 내 이름을 서슴없이 불렀고,
나 역시 '아저씨'뻘인 그들의 이름을 서슴없이 불렀다.
모르는 사람이 보면 좀 이상한 광경이었을 것이다.
무남독녀로 자라난 나에게 그들은 동생이었고 오빠였고 친구였다.
그들이 없었다면 내 어린 시절은 좀 쓸쓸했을지도 모른다.

* 전라도에 비하면 경상도 음식은 그다지 맛깔스럽다고 할 수 없다, 라고 말하는 사람들이 많다. 나는 부산에서 태어났지만 딱히 그 말에 반대할 생각은 없다. 나만 해도 전라도를 여행하는 일을 굉장히 좋아한다. 산도 좋고 물도 좋지만, 소박한 밥집에 들어가서 제일 간단한 것을 시켜도 한 상 가득 반찬이 올라오는 게 제일 좋다. 더욱이 그 하나하나가 맛깔스럽기 그지없으니 황송하지 않을 수 없다. 그 음식들이 어떤 경로를 거쳐 식탁 위에 오르게 된 것인가를 상상하면 그리스 시대에 만들어진 조각상 앞에 서 있는 기분이 된다. 대충 속으로 셈만 해보아도 어마어마하게 손이 많이 가는 음식들이다.

경상도 음식은 전라도에 비해 투박하다고 할까, 간결하다고 할까, 조리법 자체가 그다지 강조되지 않는다. 바다에서 뭐든 건져 올려 먹을 만하게 만들면 그것으로 끝인 경우도 많다. 나는 바다에서 나는 건 뭐든 좋아하는데다가 양념을 듬뿍 가미한 음식보다 원래 재료의 맛을 그대로 살린 음식을 선호하기 때문에 솔직 담백한 경상도 스타일도 두 팔 벌려 환영하고 있다. 이런 생각을 하다보니 한 가지 의문이 든다. 식성이란 타고나는 것일까, 후천적으로 형성되는 것일까? 세상에서 가장 맛있는 밥은 엄마가 해주는 밥이라고 많은 사람들이 말하는 것을 보면, 역시 식성은 길들여지는 쪽이 아닐까 싶다.

내가 태어나 자란 곳이 부산인지라 서울로 오기 전의 스무 해 동안 나를 먹여 키운 것은 바다라고 해도 과언이 아니다. 당연히 친척들 중에도 바다를 일터로 삼거나 바다와 관련된 직업을 갖고 있는 사람들이 많았다. 그중에서도 특별히 우리 가족과 친하게 지내던 가족이 있었다. 촌수를 계산하는 데 영 재능이 없는 나는 지금도 영 알쏭달쏭하지만, 외가 쪽의 가까운 친척이었다. 그 집에는 아들만 둘 있는데, 두 아들이 나보다 늦게 태어났기 때문에 어린 나는 당연히 내가 누나인 줄 알았다. 툭하면 가족 단위로 우르르 놀러 가고 놀러 오고, 어른들은 어른들끼리 아이들은 아이들끼리 어울려 놀던 와중에 도무지 납득이 가지 않는 이야기를 듣게 되었는데, 바로 그 아이들이 나의 '아저씨'들이라는 거였다. 나보다 어리면서 내 이름을 아무렇지도 않게 척척 불러대던 이유가 거기 있었던 것이다.

나는 그게 이상하기도 했지만 재미있기도 했다. 내가 조카라면 애써 누나 역할을 하지 않아도 될뿐더러 어리광도 부릴 수 있으니까. 양보하는 쪽이 아니라 졸라대는 쪽, 다시 말해 아이들의 세계에서 유리한 고지를 확보하는 쪽인 것이다. 게다가 아들 둘만 키우는 집에서 볼 때 딸의 존재란 보석과도 같다. 묻는 말에 대답도 잘하고 애교도 떨고 노래하라면 노래하고 춤추라면 춤추고, 무엇보다 남자아이들보다 조용하고 깨끗하다. 그런 이유로 우리 '아저씨'들의 부모님은 두 팔을 벌려 나를 맞아 공주처럼 귀여워해주셨고, 엄마가 나를 데리고 그 집에 놀러 갈 때마다 나는 늘 신이 났다.

컴퓨터나 게임기 같은 게 없을 때였으니 노는 일에도 상상력이 필요하던 시절이었다. 야외에 풀어놓으면 뛰어다니고 방에 넣어놓으면 조몰락거리며 뭔가를 만들고, 배고프면 먹고 피곤하면 자고, 내일도 학교에 가야 한다는 것만 빼면 인생이 마냥 행복하던 시절이었다. 내 인생 최초의 잡지는 바로 그 시기에 태어났다. 손바닥보다 작은 크기의 종이를 오려 붙여 몇 가지 기사를 채워 넣고 잡지를 창간했다며 떠들고 놀았던 것이다. 나야 물론 기억이 안 나지만, 그것을 소중하게 보관하고 있던 엄마가 몇 년 전에 나에게 보여주었다. 그러고 놀던 아이가 커서 진짜 잡지 만드는 일을 하고 있다는 우연을 신기해하면서. 아무도 궁금해하지 않겠지만, 그때 만든 잡지의 제호는 '영원'(아이들답지 않은 제호이긴 하지만, 아이들이니까 겁도 없이 이런 이름을 붙일 수도 있었을 것이다), 발행일은 1979년 8월 8일이다.

그건 그렇고 요리 이야기로 돌아가서, 두 가족들이 모여 놀 때 식탁에 자주 등장했던 것이 하나 있다. 생각만 해도 군침이 도는 왕새우가 그 주인공이다. 당시 내 '아저씨'들의 아버지(그러니까 나에게는 할아버지다)가 수산업 쪽 일을 하셨기 때문에, 원양어선에서 잡아온 왕새우가 두 집 냉동실을 사시사철 접수하고 있었다. 그 시절 엄마의 증언에 따르면, 아빠가 손에 뭘 들고 들어오면 '아아, 또 새우다, 저걸 또 어디에 넣지?' 하고 한숨이 절로 나왔다고 한다.

원양어선이란 말 그대로 아주 먼 바다로 나가 생선을 잡는 배다. 그물에 잡혀 올라온 새우는 지금 '왕새우'라고 불리는 것들과 비교가 되지 않을 만큼 컸다. 잡자마자 바로 얼려 박스로 포장하면 한 통에 스무 마리쯤 들어간다. 이런 통들이 그득그득 쌓여 있는 것이다. 새우가 차고 넘치므로 이것을 요리해 먹는 일은 있을 수 없다. 굽거나 튀기거나 하면 많이 먹을 수가 없기 때문이다. 냉동된 새우를 상온에서 해동시킨 다음, 껍질을 벗겨 간장와사비에 찍어 날로 홀라당 먹어치우는 것만이 벌떼 같은 왕새우의 습격에서 살아남을 수 있는 방법이었다.

왕새우 중의 왕새우만 먹고 자란 우리는, 웬만한 새우는 새우 취급도 안 하는 버릇없는 아이들이 되어버렸다. 세월이 흘러 어른이 된 후 '아저씨' 중 한 명을 만나 그럴듯한 레스토랑에서 식사를 하게 되었는데, 누군가 새우요리를 시켰다. 그도 나도 새우는 거들떠보지도 않고 식사를 마치자, 일행 중 한 명이 왜 새우는 안 먹었느냐고, 갑각류 알레르기라도 있는 거냐고 물었다. '아저씨'와 나는 서로 마주 보고 웃기만 했다. 어릴 때

새우를 포식한 이야기는 하지 않았다. 너무도 호화찬란한 경험인지라 재수 없게 보일까봐.

그러나 열흘 가는 꽃 없고 백일 우는 새 없다고, 왕새우를 마지막으로 본 기억도 이제 까마득하다. 회를 먹을 때 따라 나오는 어설픈 삶은 새우에 젓가락질을 하지 않는 것이 마지막 자존심이지만, 그래도 가끔 새우 생각이 날 때 아쉬운 대로 만드는 것이 새우초밥이다.

모듬스시를 시키면 한 점씩 따라 나오는 새우초밥은 집에서도 쉽게 만들 수 있다. 생새우를 사다가 살짝 삶아도 되고, 그것도 번거롭다면 냉동새우를 사다 냉동실에 넣어놓고 써도 된다. 맛이냐, 편리함이냐, 둘 중 하나를 선택하면 된다. 밥은 고슬고슬하게 지어서 주걱으로 휘휘 저어 한 김 날아가게 한 다음 식초, 설탕, 소금을 넣고 초밥을 만든다. 신맛, 단맛, 짠맛 중 어떤 맛을 선호하느냐에 따라 비율이 조금씩 달라지므로 간을 보아가며 준비한다. 익힌 새우의 껍질을 까서 길이로 이등분한 다음 적당한 크기로 밥을 뭉쳐 와사비를 바르고 새우를 붙여주면 끝. 밥알이 손에 달라붙지 않도록 하는 것이 요령인데, 초보의 경우 맨손으로는 좀 힘드니까 비닐장갑을 끼는 쪽이 안전하다. 일반 초밥에는 넣지 않지만, 삶은 새우와 깨소금은 잘 어울리니까 밥에 깨소금을 뿌려도 맛있다.

부산 집에 내려갔다가 서울로 올라올 때, 가끔 엄마가 새우 초밥 도시락을 싸준다. 기차 안에서 먹는 김밥 대신이다. 집에 손님이 올 때면 그 기억을 떠올려 새우초밥을 미리 만들어두기도 한다. 새우초밥은 익힌 새우를 쓰기 때문에 시간이 어느 정도 지나도 맛이 확 가지는 않는다. 손님을 앉혀놓고 뭘 만드느라 부산을 떠는 대신 마주 앉아 간단히 요기를 하기에 딱 좋은 것이다.

얼마 전 오랜만에 만난 '아저씨' 중 한 명과 또 새우 이야기를 하다가 갑자기 그가 정색을 하고 내게 말했다.

"너 아직도 잘 모르지? 내가 왜 엄연한 아저씨인지?"

"응. 몰라."

"어릴 때부터 몇 번이나 얘기해줬는데. (한숨) 너희 외할아버지랑 우리 아버지가 형제이셔. 그러니까 우리 아버지는 너희 엄마의 삼촌. 너희 엄마는 나한테 누나. 나는 너한테 아저씨."

"아아아. 그런 거였어?"

"그런 거야. 바보."

"그렇군요, 아저씨. 밥값은 그럼 아저씨가 내세요."

만화책 속의 갈릭라이스

요리는 즐겁다. 만화도 즐겁다.
그러므로 요리만화는 무조건 환영이다.
요리만화를 보는 것보다 더욱 재미있는 것은,
만화에 나오는 요리를 따라해보는 일이다.

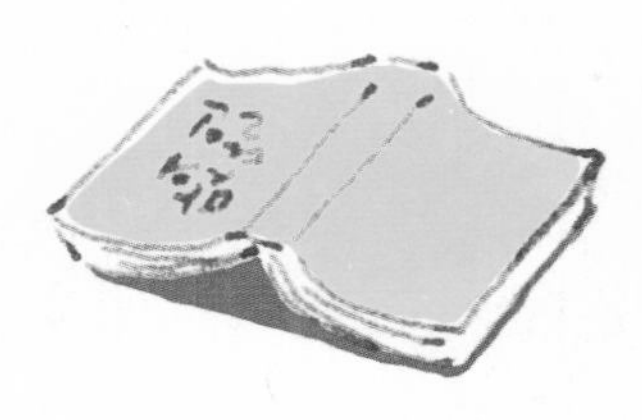

* 어릴 때부터 만화책을 좋아했다, 라고 쓰다보니 만화책 싫어하는 아이도 있을까 싶다. 어른이 되면서 만화를 보지 않게 되는 경우도 꽤 있는 것 같지만, 나는 '만화를 좋아하는 어른'에 속한다. 만화를 좋아하니 당연히 애니메이션도 닥치는 대로 좋아하는데, 디즈니가 만든 〈인어공주〉를 보고 펑펑 울었다거나 하는 이야기는 이제 남들 앞에서 안 하게 되었다. 몇 번 했다가 '아니 뭐 이런 인간(어른)이 다 있나' 하는 표정을 맞닥뜨렸기 때문이다. 사실 디즈니의 〈인어공주〉는 원작과 다르게 해피엔딩으로 끝나기 때문에 그걸 보고 울고불고 하는 인간(아이까지 포함하여)은 별로 없을 것이다. 그런데 나는 해피엔딩에 약하다. 비극으로 끝나는 이야기보다 행복하게 끝나는 이야기를 보고 나도 모르게 눈물을 주르르 흘릴 때가 많은 것이다.

어찌되었거나 만화책을 좋아하던 어린 나는(아마 학교에 들어가기 전부터였을 것이다) 동네 만홧가게를 매일 드나들었다. 만화를 보는 것은 좋다, 하지만 만홧가게에서 보는 것보다 빌려와서 집에서 보는 게 좋겠다, 라는 것이 엄마의 입장이었으므로 나는 고만고만한 아이들 틈에 끼어 과자를 먹어가며 만화책을 넘기는 대신, '오늘은 뭘 빌려갈까?'라는 즐거운 고민을 안고 책장 앞에 서 있곤 했다. 그 고민이 도무지 끝나지 않아 다리가 아프도록 서 있으면 주인아주머니가 다가와서 안타까운 표정으로 아직도 고르지 못했느냐고 물어보셨다. 이상하게도 나는 내 손이 닿는 곳에 있는 만화들보다 저 높은 곳에 꽂혀 있는 만화들이 더 재미있을 것 같았다. 그래서 까치발을 하고 손을 뻗어 저거요, 저거요, 하고 손가락으로 가리키면 주인아주머니가 그것을 꺼내주곤 했다. 하지만 몇 장을 넘기다보면 어쩐지 내 스타일이 아닌 것 같고, 그 책 바로 옆에 있는 책이 더 나을 것 같다는 난감한 생각이 드는 것이다. 마침내 지친 주인아주머니가 한숨을 쉬며 "어떤 걸 찾아?" 하고 다시 묻는다. 그럼 나는 기다렸다는 듯이 대답한다.

"슬프고 불쌍한 거요."

슬프고 불쌍한 주인공이 슬프고 불쌍하게 살다가 마침내 행복해지는 이야기, 내가 원하는 것은 오직 그것이었다.

세월이 흐르고 흘러 그때와 비교도 되지 않을 만큼 많은 만화들이 쏟아져 나오고 있으므로 나는 여태 만홧가게를 기웃거리며 만화를 읽어치운다. 마음에 드는 만화를 발견하면 행여 절판되어 세상에서 사라질까봐 부지런히 사다가 쌓아놓기도 한다. 한때 내 책장의 삼분의 일은 만화책이 차지하고 있었는데, 이사하면서 책장이 비좁아져 만화책을 옷장 속에 박아두었다. 가끔 친구들이 놀러 와서 아무 생각 없이 옷장을 열었다가 산더미 같은 만화책을 발견하고 놀라움과 기쁨에 넘친 환호성을 지르기도 한다.

"이거 봐도 돼?"

그들이 물어보면 나는 이렇게 되묻는다.

"라면 끓여줄까? 쥐포 구워줄까?"

만화책을 고를 때의 기준은 여러 가지가 있는데, 일단 요리를 소재로 한 만화는 무조건 환영이다. 소재가 무궁무진하기 때문에 영원히 끝나지 않고 계속 나온다는 게 문제라면 문제고, 고맙다면 고마운 일이다. 내가 아는 사람 중에 『아빠는 요리사』 전권을 사다놓고 틈날 때마다 거기 나오는 요리들을 실습해보는, 자칭 '나도 요리사'가 있다. 그 이야기를 듣고 자극을 받은 나는 그 이후 가끔 요리만화들을 보면서, '음, 이 정도는 나도 해볼 만하겠어'라며 메모를 해두곤 하는데, 번번이 메모를 잃어버리기 때문에 제대로 실천해본 적이 없다.

얼마 전에 『맛의 달인』을 처음부터 다시 보았다. 『맛의 달인』은 모두들 잘 알겠지만, 라이벌 관계에 있는 두 신문사에서 '최고의 메뉴'와 '완벽한 메뉴'라는 이름을 내걸고 요리대결을 벌이는 것을 기본 골격으로 하고 있는 만화다. 주인공 지로는 '게으르고 무능하다'고 평가받는 기자지만, 요리에서만큼은 뛰어난 감각을 지니고 있는 인물이다. 요리만화가 으레 그러하듯, 『맛의 달인』에서도 사람들은 요리 때문에 싸우고 요리로 인해 화해하는 일들을 되풀이한다. 그리고 요리대결이란 명색에 걸맞게, 최고의 요리와 완벽한 요리들이 줄줄이 소개된다.

그런데 『맛의 달인』은 보는 이에게 상당한 위화감을 느끼게 하는 만화이기도 하다. 상어 지느러미라거나 잉어 부레라거나 집채만 한 참치에서 손바닥만큼 나오는 참치 대뱃살 같은 재료야 구할 수가 없으니 그렇다 치더라도, 고구마를 먹으며 자연에서 뛰놀며 자란 돼지라거나 그런 돼지로부터 얻은 비료로 키운 백 퍼센트 유기농법 채소라거나 밭에서 갓 따온 죽순 등등의 재료들을 이용해 요리를 만드는 걸 보면, '지금 내가 먹고 있는 것들은 도대체 뭐란 말인가'라는 생각이 든다. 화가 나고 허무해진다.

일본의 요리문화가 얼마나 발달되어 있는지도 아주 잘 알게 된다. '우리나라에도 엄청난 정성과 기술을 이용한 요리들이 얼마나 많은데' 하고 억울해하지만, 그렇다고 나더러 전통한식을 재현해보라거나 그런 음식을 하는 식당을 열 개만 알려달라거나 전통한식에 대해 최소한 제대로 된 설명이라도 해보라고 한다면, 별로 할 말이 없다(그것이 나의 무지에서 비롯된 것이기를 간절히 바란다). 우리나라 음식에 대해서도 제대로 알지 못하는데 퓨전요리라는 국적불명의 요리들이 유행을 타고 있다는 것에까지 생각이 미치면(국적불명이라거나 퓨전요리 자체가 나쁘다는 것은 아니지만), 새삼 애국자가 되어 안타까움에 치를 떨기도 한다. 그리하여 만화책 몇 권 보고 '조금 더 우리 것에 대해 알 필요가 있겠군' 하는 대견한 마음을 먹기도 하는 것이다.

그런데 지금 내가 소개하고자 하는 요리는 '로스구이를 곁들인 갈릭라이스'라는, 이름만 들어도 서양요리의 분위기가 온몸으로 느껴지는 요리다. 그럼 여태까지 잔뜩 늘어놓고 기껏 결심한 것은 뭐냐, 하는 분도 계시겠지만, 우리나라 전통요리에 대해서는 개인적으로 공부가 필요한데다가 그것이 하루아침에 되는 일도 아니지 않는가, 하고 일단 변명을 해두겠다. '로스구이를 곁들인 갈릭라이스'는 요리만화를 보다가 '음, 이 정도라면 해볼 만하군' 하면서 메모를 해두었던 요리다. 다행히 메모를 잃어버리지 않았기 때문에 실행에 옮길 수 있었다.

이 요리는 이름만 거창하지 재료도 구하기 쉽고 요리방법도 쉬운데다가 금방 만들 수 있으며 또 맛있기까지 하다는 여러 가지 장점을 지니고 있다. 혼자서 해먹기도 좋고 누구에게 대접을 하기에도 손색이 없다. 우선 정육점에서 질 좋은 로스용 쇠고기를 구입하여 소금과 후춧가루로 밑간을 해둔다. 그리고 냉장고에서 통마늘, 간장, 버터를 꺼내 놓으면 준비가 끝난다. 로스용 쇠고기는 하얀 기름기가 있는 부분을 발라내는 것이 첫 번째 과정인데, 살코기는 한입 크기로 썰어두고 기름기 있는 부분은 아주 작은 크기로 잘게 썰어주면 된다. 뜨겁게 달군 프라이팬에 기름기 있는 부분을 넣고(기름은 두르지 않습니다) 골고루 휘저어가며 볶은 다음 그릇에 담아둔다. 이제 프라이팬에는 기름기가 약간 남아 있게 된다. 여기에 살코기를 넣어 살짝만 구워준다. 고기가 익으면 역시 다른 그릇에 담아놓는다. 이제 프라이팬에는 기름기와 고기에서 빠져나온 육즙이 약간 남아 있게 된다. 여기에 버터와 간장을 넣어 소스를 만든다(이인분일 경우에는 버터 두 숟가락, 간장 두 숟가락 정도). 그리고 소스도 역시 다른 그릇에 담아둔다.

이제 갈릭라이스를 만들 차례다. 기름기와 육즙과 소스 맛이 남아 있는 프라이팬에 버터를 두르고 미리 볶아둔 기름기 있는 부분과 저민 마늘을 넣어 한 번 더 볶아준다(마늘을 많이 넣으면 맛있어요). 마늘이 노릇노릇해지면 밥을 넣고 다시 골고루 볶는 것으로 갈릭라이스 완성. 이것을 그릇에 담고 그 위에 구워놓은 살코기를 올린 다음 준비한 소스를 살짝 돌려 붓는다. 그리고 먹기 전에 고루 섞을 것.

버터의 고소한 맛과 마늘의 향기, 고기의 감칠맛과 짭짤한 소스의 맛이 어우러져 무척 풍부한 맛의 요리가 된다. 요리의 포인트는 프라이팬을 닦지 않고 기름기 있는 부분, 고기, 소스, 볶음밥을 차례로 만든다는 것. 물론 중간에 프라이팬이 식어버리거나 하면 안 된다. 또 하나 주의할 점은 이 모든 과정을 재빨리 마쳐야 한다는 것. 느릿느릿 여유를 부리다가는 고기와 소스가 식어버려서 맛이 없어진다. 만약 고기가 식어버렸다면 밥을 그릇에 담은 후 살짝 다시 구워 뜨겁게 해주는 것이 좋겠지요?

나도 『맛의 달인』의 지로처럼 전국 각지에 숨어 있는 요리의 명인들을 만나 장 만드는 방법이라거나 장아찌 담그는 법이라거나 두부 만드는 법 같은 걸 배우고 싶다. 『맛의 달인』은 요리를 소재로 하고 있지만, 작가는 그 만화를 통해 '우리의 자연이 이렇게 훼손되어가고 있다'는 메시지를 전하고 있다. 인체에 치명적인 해를 미친다는 농약 묻은 오렌지나 납이 들어간 중국산 수입 게를 먹으면서도 우리나라의 자연이 파괴되어가는 일에 무심한 것이 우리들이다. '로스구이를 곁들인 갈릭라이스'는 우리나라 요리가 아니지만, 그 속에 들어가는 고기와 마늘, 그리고 간장은 우리나라 것이 최고 아닌가. 최고의 자리를 지키기 위해서는 더 많은 노력을 기울여야 한다. 어쩐지 혼자 흥분해버렸지만, 당신도 『맛의 달인』을 보고 나면 나의 이런 심정을 이해할 수 있을 것이다. ♠

레몬 물김치, 그 탄생의 비밀

요리는 상상력이다. 요리는 그림이다.
세상에 존재하지 않는 요리를 만들기 위해서는,
상상력을 동원하여 그림을 그려야 한다.
나는 가끔, 글을 쓰는 것보다 요리를 하는 것이
더욱 창조적인 행위가 아닐까 생각한다.

후회 없겠어?
전혀.
난 떨려...

✻ 어느 날 우리 집에 석류 두 알이 등장했다. 석류는 보는 사람으로 하여금 여러 가지 생각을 하게 만드는 과일이다. 흔히 볼 수 있는 게 아니어서 아아, 세상에 이런 것도 있었지, 세상은 넓고 과일은 많구나, 싶기도 하고, 검붉은 알갱이들이 단단한 껍질 안에 가득 차 있는 것을 보면서 연약한 생명의 아름다운 힘을 느끼기도 한다. 그리스 신화의 페르세포네도 생각난다. 지하세계를 지배하는 하데스 왕에게 영문도 모른 채 달랑 납치되어 죽음의 땅으로 끌려간 그녀는, 자신의 고고한 영혼마저 빼앗길 수 없다는 생각에 식음을 전폐한다. 산해진미의 유혹에도 눈 하나 깜짝하지 않던 페르세포네를 꺾은 것은 한 알의 석류였다. 톡톡 터지는 빨간 알갱이들을 차마 외면하지 못하고 입에 넣은 그녀는, 결국 '지하세계의 음식에 조금이라도 입을 댄 사람은 그곳에서 살아야 한다'는 신들의 법칙에 의해 하데스 왕의 아내가 되었다.

이토록 유혹적인 석류를 들고 온 선배는 커다란 칼로 무자비하게 석류의 배를 갈라 알맹이를 아작아작 씹어 먹는 시범을 보여주었다. 알맹이가 터지면서 피처럼 붉은 과즙이 여기저기 얼룩을 남기는 것을 감상하며, 나도 선배를 따라 페르세포네가 된 심정으로 석류를 먹었지만, 둘이 한 알을 해치우고 나자 왠지 또 덤빌 엄두가 나지 않았다. 그렇게 해서 남은 한 알의 석류는 저보다 열 배쯤 큰 보라색 나무접시에 담겨 주방 한쪽에 놓여 있게 되었다. 며칠 후 악양에 놀러 갔다가 모과 하나를 얻어온 나는, 외로운 빨간 석류 옆에 노란 모과를 놓아둠으로써 마티스의 그림 같은 풍경 하나를 완성시켰다. 내가 화가였다면 당장 붓을 들었을 것이다.

그러나 석류와 모과는 그림이 아니므로 시간이 지나면서 조금씩 말라가기 시작했다. 누군가 애써 씨앗을 뿌리고 키워 정성껏 거두어들인 열매들을 방치하는 것은 자연에 대한 예의가 아니다. 나는 하던 일을 멈추고 온 생각을 석류와 모과에 집중했다. 모과 쪽은 쉽게 결론이 났다. 꿀에 재어 모과차를 만들면 되니까. 문제는 석류였다. 혼자 아득아득 씹어 먹을 수도 있었지만, 어쩐지 석류를 기념할 만한 뭔가를 만들고 싶었다. 석류 혼자서 될 일은 아니므로, 나는 머릿속으로 냉장고 안에 들어 있는 것들을 더듬어보았다. 사과와 배가 한두 알쯤, 무가 한 개, 쪽파가 조금. 그렇다면 역시 물김치인가.

결론이 좀 이상하게 난 것 같았지만 이미 마음속에 선명한 그림이 떠올랐으므로 멈출 수는 없었다. 무를 썰어 소금에 절여놓고, 사과와 배도 썰었다. 쪽파를 다듬고 마늘을 저몄다. 석류를 잘라 알알이 해체시켰다. 이 모든 재료를 큰 통에 담고 소금으로 간을 한 물을 부었다. 뚜껑을 닫으려는 찰나, 냉장고 한쪽에 쓸쓸히 박혀 있는 레몬 한 알이 떠올랐다. 물김치에 레몬을 넣는 것이 도덕적으로 또 법적으로 문제가 되진 않을 것 같았다. 이미 석류도 넣었으니 뭔가 잘못될 운명이라면 벌써 잘못되었을 것이다. 용기를 내어 얇게 저민 레몬을 넣자 레몬 향이 주방을 가득 채웠다. 하루를 상온에서 익히고 다음 날 아침 두근거리며 뚜껑을 열자, 석류의 붉은색이 바닥에서 은은히 솟아오르고 노란 레몬과 파란 쪽파가 유영을 하는 가운데 아삭아삭한 배와 사과와 무가 생기 넘치는 모습으로 나를 맞았다. 이 아름다운 열매들이 배어나온 국물의 맛은 차마 형언할 수가 없다.

'석류 물김치' 이야기를 들은 엄마는 "그게 무슨 물김치냐, 화채지" 하면서도 그것을 맛보지 못하는 현실을 개탄했다. 운 좋게 놀러 왔다가 뜻하지 않게 석류 물김치를 보고 화들짝 놀란 친구들은, 나의 실험정신과 물김치의 아름다움에 경의를 표했다. 한번 물김치에 재미를 붙이고 난 후부터, 물김치의 날들은 지금까지 계속되고 있다. 같은 요리를 두 번 만들면 금세 싫증을 느끼는 내가, 같은 물김치를 계속 담을 리는 없다. 그날의 기분에 따라, 그날의 날씨에 따라, 그날 냉장고에 들어 있는 재료에 따라, 매번 다른 물김치가 된다. 다시마를 우려내어 국물을 내기도 하고, 붉은 고추를 갈아 넣기도 하고, 배추 속이나 열무를 넣기도 하고, 겨자 잎을 넣어 보라색을 내기도 하고, 미나리나 치커리로 초록색을 강조하기도 한다. 단 하나 변함없이 빠지지 않는 것은 레몬이다. 그래서 내가 만드는 모든 물김치는 통칭 '레몬 물김치'로 불리게 된다.

우리 집에 놀러 오는 내 친구들이 제일 먼저 찾는 '레몬 물김치'는, 어느 날 문득 나타난 한 알의 석류로부터 시작된 것이다. ♠

PART2
OVER THE RECIPE

블라디미르 군은 내 친구

어쩌다 조금 긴 여행을 떠나기 전이면,
나는 친구들을 모아 '블라디미르 군을 위한 파티'를 연다.
이 주일 이상 방치하면 무서운 일을 벌일지도 모르는
음식들을 해치우기 위해서다. 그런 날 밤이면,
블라디미르 군은 만족한 듯 가르릉가르릉 소리를 낸다.

콸콸

✻ 고향을 떠나 서울로 올라온 것은 내 나이 스무 살 때(그런 시절도 있었다). 하숙 생활 두 달, 기숙사 생활 일 년하고 열 달, 그 후 자취를 시작하면서 살림살이들이 늘어나기 시작했다. 최초의 냉장고는 한 칸짜리로, 대부분의 냉장고는 하얀색이라는 사실을 대놓고 무시하는 듯한 갈색이었다.

나는 그 갈색 냉장고를 약국 하는 이모에게 물려받았다. 그러니까 그 냉장고는 나한테 오기 전에, 박카스 같은 것을 잔뜩 품고 약국 한쪽에 놓여 있었던 것이다. 내 무릎 높이보다 조금 더 클까 말까 한 냉장고를 받아놓고 도대체 무엇으로 이걸 채워야 하는 거야, 난 박카스도 못 먹는데, 하고 난감해했던 기억이 난다.

몇 번인가 이사를 하고 자취 생활에도 제법 익숙해지면서 조금 더 큰 냉장고가 필요해졌다. 두 번째 냉장고는 경주에 있는 외갓집에서 입양한 것으로, 냉장실과 분리된 버젓한 냉동고를 소유하고 있었다. 얼음조차 얼릴 수 있는 덩치 큰 냉장고는 생활의 질을 약간 향상시켰다. 그 냉장고는 꽤 오랜 세월 나와 함께 이사를 다녔다. 세어보지는 않았으나 최소한 열 번 이상은 이삿짐 트럭에 실려 강북으로 강남으로 옮겨 다녔으니, 한강 구경은 적지 않게 했을 것이다.

지금 내가 가지고 있는 냉장고는, 7년쯤 전 집을 옮기면서 구입한 것이다. 나에게 오기 전 경주에서 이미 수많은 세월을 살았던 '덩치' 냉장고가 밤마다 천둥 치는 소리를 내기도 하고, 사흘만 방치하면 냉동고를 서리로 가득 채워버려 그곳에 넣어 둔 음식물을 구제하느라 땀을 흘려야 했던 탓에 새 냉장고가 필요했다. 이를테면 고령에 접어든 냉장고를 안락사시키고 다른 냉장고를 영입할 수밖에 없었던, 필연적인 상황이었다. 그렇게 해서 나는 태어나 처음으로 '새' 냉장고를 내 돈 주고 사게 되었다.

냉장고를 사야겠다는 생각만 하고 별로 노력도 안 하고 있는 나를 부추긴 것은 내 친구 미경이었다. 혼수를 장만하느라 지구상의 온갖 가전제품에 대한 지식을 익혀야 했던, 그리고 그때까지 그 지식을 생생하게 간직하고 있었던, 냉장고를 사야 한다고 중얼거리면서도 제품이나 가격 비교 따위는 절대로 하지 않을 나를 너무나 잘 아는 그녀는 어느 날 갑자기 전화를 걸어 "지금 백화점인데, 냉장고 세일한다, 빨리 와" 하고 명령을 내렸다.

미경은 왜 이토록 귀찮은 짓을 해야 하는가, 하고 투덜거리는 내 손을 움켜쥐고 미노타우로스를 가두어놓은 미로만큼이나 복잡한 백화점 통로를 민첩하게 빠져나가 어느 냉장고 앞에 나를 세웠다. 그것이 블라디미르 군과의 첫 만남이었다.

"이건 투도어잖아! 그 말로만 듣던! 이렇게 큰 걸 내가 왜! 감히 어떻게!"

그랬다. 블리디미르 군은 양쪽으로 활짝 열리는 두 개의 문을 보란 듯이 가지고 있었다. 오른쪽 문을 열면 휘황찬란한 냉장실이, 왼쪽 문을 열면 들어가서 살아도 될 만한 냉동고가 자태를 드러냈다. 더욱 황송하게도, 냉동고 밖에는 컵만 갖다 대면 생수가 쏟아지는 정수기까지 달려 있었다. 그까짓 물쯤이야, 흥, 하고 생각했던지, 얼음까지 착착 얼려서 밖으로 내보낼 수 있다고 했다. 정수기에 달린 세 개의 버튼을 누르면 시원한 물, 유선형의 얼음, 잘게 부순 얼음, 이 세 종류를 자유자재로 얻을 수 있는 것이다.

왕자의 부름을 받고 끌려온 시골처녀처럼 냉장고를 똑바로 바라보지도 못하고 어버버거리는 나를 흐뭇하게 지켜보던 그녀가 결론을 내렸다.

"이게 원래 얼마짜린 줄 알아? (알 리가 있나.) 그런데 지금 얼만지 알아? (나는 그제야 가격표를 본다.) 그냥 냉장고가 얼만지 알아? (역시 모르지.) 엄청나게 싼 거야. 아아, 나도 이런 걸 갖고 싶었는데."

친구를 생각하는 간곡한 마음과 일종의 대리만족을 경험하겠다는 두 가지 욕구로 무장한 그녀 앞에서, 나는 카드를 꺼내들 수밖에 없었다. 도대체 이 두 개의 문 안쪽을 무엇으로 채워야 할지는 까마득했지만, 무엇보다 내 마음을 움직인 것은 '냉장고가 내게 물을 내준다!'라는 사실이었다. 내가 알기로 나는 다른 사람들에 비해 두 배 내지는 세 배 정도의 물을 마시는데, 이틀이 멀다 하고 무거운 생수통 여섯 개들이 두 개씩을 끙끙대며 나르지 않아도 된다고 생각하니, 당장 하늘을 날 수도 있을 것 같았다. 지금까지 그 생수통들이 내 날개를 꽁꽁 묶고 있었다는 기분이었다. 그러므로 이 냉장고만 있으면 물을 마음껏 마실 수 있다, 라는 명제는 내게 있어 참이자 진리이자 거부할 수 없는 매력이었다.

냉장고는 내가 이사를 하던 날 배달되었는데, 배달해준 아저씨들의 얼굴에는 '이 작은 원룸에 혼자 사는 주제에 이렇게 큰 냉장고를?'이라는 물음표가 가득 달려 있었다. 사람이라도 넣어놓으려는 걸까, 아니면 코끼리라도, 하고 농담을 주고받았을지도 모른다. 우리 집에서 가장 비싸고 가장 큰 '존재'에게 내가 이름을 붙여준 것도, 그러니까 그리 이상한 일은 아니다(왜 이런 이름이 떠오른 건지는 모르겠다. 그냥 왠지 냉장고는 블라디미르여야 할 것 같아서).

블라디미르 군이 나와 함께 살기 시작하면서, 우리 집에는 친구들이 자주 놀러 오게 되었다. 언제, 누가 오더라도 블라디미르 군만 있으면 걱정할 게 없다. 처음 온 친구들에게 블라디미르 군을 소개하면, 그들은 모두 세 번 놀란다. 덩치가 크다는 것에, 물이 나온다는 것에, 그리고 그 안에서 끝없이 먹을 것이 나온다는 것에.

처음에는 망망대해처럼 넓기만 했던 블라디미르 군의 속내도, 시간이 흐르면서 온갖 복잡한 것들로 채워져 갔다. 가끔 날을 잡고 정리해주지 않으면, 한여름에 수박 한쪽 넣어둘 자리도 없다. 6년 동안 원룸에 어정쩡하게 자리 잡고 서서(냉장고 넣으라고 만들어둔 공간에 들어가지 않아 어설프게 세워두었다) 나와 동침하던 블라디미르 군은, 지난가을 내가 아파트로 이사하면서 처음으로 자신의 공간을 얻었다. 길다면 긴 세월 동안 한 번도 불평하지 않고 고장 한 번 없이 내 곁을 지켜준 든든한 친구 블라디미르 군은, 지금 이 시간에도 오백 가지 음식과 식료품과 소스들을 품고 묵묵히 숨을 내쉬고 있다. ♠

웬즈데이 모히토

골목을 헤매다 길을 잃어도 겁먹을 필요는 없다.
가끔 우리는 생각지 못한 방식으로 무언가와 만나게 된다.
그 무언가가 반드시 기쁨을 가져다주지는 않는다 해도.

* 어느 날 모히토에 꽂혔다. 문제의 어느 날은 길을 잃은 데서 시작되었다.

새로 이사한 사무실은 전의 사무실과 멀지 않은 곳에 있었다. 걸어서 갈 수 있을 만한 거리니까 거의 같은 동네라고 할 수도 있다. 그날 나는 예전 사무실 근처에서 볼일을 보고 새 사무실로 가는 중이었는데, 툭하면 길을 잃어버리는 처지라 자신할 수는 없었으나, 약간 헤매면 어쨌든 도착할 수는 있을 거라고 생각했다. 그래서 과감하게 지름길이라고 생각되는 골목으로 접어들었다. 그리고 물론, 언제나 그랬듯이, 방향을 한 번 틀고 나서 곧바로 방향감각을 상실했다.

그 골목 어딘가에 예쁜 카페가 하나 있었다. 벽에 그려진 그림이 먼저 말을 걸었다. 가게 안에는 사람들이 몇몇 있었지만 호기심을 누를 수는 없었다. 슬쩍 들여다보자 안쪽에 위치한 작은 정원이 눈에 들어왔다. 무지하게 멋진 실내보다 다소 소박하고 불편할지라도 바람이 통하는 실외공간을 좋아하는 나는 "심봤다!"를 외치며 카페의 이름을 외워두었다. 그곳에 함께 가면 참 좋을 것 같은 친구도 떠올랐다.

며칠 후 친구에게 연락을 하려다가, 문득 그 카페를 다시 찾을 수 있을까 하는 의심이 들었다. 기쁜 마음으로 카페 이름을 마음에 새겨 넣긴 했는데, 이리저리 헤맨 터라 영 자신이 없었다. 나는 정확한 정보를 친구에게 알려주기 위해 검색창에 카페 이름을 쳐보았다. 친구를 끌고 온 동네를 헤맬 수는 없으니까. 과연 정보의 광활한 바다는 일 초 만에 카페의 위치와 메뉴까지 알려주었다. 그곳이 모히토라는 칵테일로 유명하다는 것도 그래서 알게 되었다.

오다가다 마셔본 적이 있을지는 몰라도, 그전까지 나는 모히토와 정식으로 인사를 나눈 적이 없었다. 칵테일을 마실 기회가 그리 많지도 않은데다가 별로 좋아하지 않기 때문에 내 발로 찾아 나선 적도 없었다. 하지만 모히토의 사진을 보자 괜히 기분이 좋아졌다. 레몬과 라임을 좋아하는 나로서는, 외면할 수 없는 유혹이었다. 그래서 옵션이 하나 더 늘었다. 정원, 친구, 그리고 모히토.

그곳에서 여러 종류의 모히토를 마셔보았다. 어떤 것은 이상하고 어떤 것은 훌륭했다. 내 마음에 들었던 것은 라임이 듬뿍 들어가고 조금 강한 맛이 나는, 오리지널 모히토였다. 하지만 마시고 싶은 기분이 든다고 해서 '오늘은 그럼' 하고 조르르 달려가기에는, 너무 비쌌다. 이럴 때 나는 쉽게 포기하는 성격이다. 그래봤자 다 같은 알코올, 이라면서 맥주나 소주를 마시는 편이다. 달콤한 게 필요하다면 주스를 마시면 되니까.

두 번째의 모히토를 만날 때까지 그래서 시간이 좀 걸렸다. 그것은 두 번째로 방문한 베를린에서 운명처럼 등장했다. 베를린에 살고 있는 친구 M은 뮤지션인 동시에 베를린 Warschauerstrasse 39/40, 10243에 위치한 'Michelberger Hotel'에서 스태프로 일하고 있다. 이 호텔은 베를린에 모여든 다양한 국적의 아티스트들이 힘을 모아 탄생시킨 근사한 공간으로, 단순한 호텔이 아니라 문화의 공유지라고 할 수 있다. 운 좋게도 호텔의 오프닝 파티에 맞춰 베를린에 도착한 나는, 친구가 건네준 스페셜 게스트 팔찌를 차고 벌떼처럼 모여든 사람들 사이를 유유히 지나쳐, 파티가 열리고 있는 정원으로 들어갈 수 있었다. 내로라하는 셀러브리티들이 대거 참석했다는 소리는 들었으나 누가 누군지 알 수 없었던 나의 관심은 오직 한 곳으로 향했으니, 곳곳에 차려진 바에서 바텐더들이 능숙한 손놀림으로 만들고 있는 모히토였다. 한쪽에 산더미처럼 쌓여 있는 라임은 몽환적인 밴드의 사운드, 붉고 푸른 조명과 어우러져 천국의 초록 향기를 농밀하게 풍기고 있었다.

밀려드는 손님들을 접대하느라 친구가 진땀을 흘리고 있는 사이, 나는 모히토를 연거푸 세 잔이나 마셨다. 이상한 것은 모히토를 만드는 사람에 따라 그 맛이 달라진다는 것이었다. 똑같은 재료를 사용하고 있는데도 말이다. 하긴 칵테일이란 것은 배합의 문제니까, 이상한 일이 아닐 수도 있다.

그날의 모히토가 '파티'와 '공짜'라는 이유로 내게 각인되었다면, 가장 특별했던 모히토는 역시 지난겨울 태국에서 맛본 것이었다. 방콕에서도 2백여 킬로미터쯤 떨어진 곳에 있는 작은 섬, 코사멧의 작은 바를 기억한다. 동그란 쿠션들이 놓인 소파에 몸을 파묻으면 바다는 손에 잡힐 듯 가까이 다가왔다. 그곳은 거대한 세계 속의 작은 섬이었고, 내가 떠나온 깊은 겨울나라 속의 뜨거운 여름이었다. 태양이 모든 기운을 발산하는 오후 두세 시에는 바다에 들어가도 별 소용이 없다. 에어컨이 나오는 숙소에서 느긋하게 낮잠을 자는 게 최고다. 여섯 시가 가까워지면 마음이 먼저 낌새를 알아채고 몸을 깨운다. 하루 중에 수영하기 가장 좋은 시간이다.

슬그머니 바다에 기어들어가 몸을 담그고 해가 지는 것을 본다. 대기의 온도는 조금씩 내려가지만 그로 인해 바다는 오히려 따뜻하게 여겨진다. 어느 한쪽이 차거나 뜨겁지 않도록 서로 온도를 맞추려는 듯이. 어둠이 완전히 내려앉으면 바다의 촉감은 더욱 뚜렷해진다. 달빛 속에서 마음은 한없이 고요해지고 영혼은 가벼운 꿈을 꾸기 시작한다. 이럴 때 필요한 것이 모히토다.

차가운 물로 샤워를 하고 보송보송한 옷으로 갈아입은 다음에는 걸음을 재촉하여 멋대로 단골로 삼은 바로 간다. 바텐더는 세상에서 제일 즐거운 표정으로 흥얼흥얼 노래를 부르며 얼음을 부순다. 이제 막 나무에서 따온 듯한 신선한 라임을 아무렇게나 툭툭 잘라 듬뿍 넣고 몇 가지 재료를 섞어 칵테일을 만든다. 사과보다 더 진한 사과향을 결마다 간직하고 있는 애플민트도 아낌없이 들어간다. '모히토는 이런 것!'이라는 느낌의 맛이다.

그 섬의 모히토는 서울로 돌아온 나에게 끈질긴 향수를 불러일으켰다. 주저주저 다가오는 봄의 흔적을 밟으며 럼을 사러 간 건 그 때문이었다. 라임주스와 모히토 민트, 페리에 라임은 인터넷 사이트에서 구입했다. 토닉워터 같은 소다수 대신 페리에 라임을 사용한 것은 단지 내가 그걸 좋아하기 때문이다. 라임은 좀처럼 구할 도리가 없어서 레몬으로 대신하기로 했다. 문제는 애플민트였다. 몇 군데의 꽃집과 마트를 돌며 헛걸음을 하다가, 코앞의 슈퍼에서 애플민트 화분을 발견했다. 싸늘한 꽃샘추위에 바들바들 떨고 있는 네 개의 화분을 몽땅 사들고 와서, 아직 덜 자란 잎들에게 미안해, 미안해 하며 조심스럽게 몇 개를 따냈다. 곧 레몬향과 사과향이 집 안을 뒤덮었다.

온통 구하기 힘든 재료로 만들어야 하는 칵테일이라서, 몇 번 즐기고 나면 항상 뭔가 하나가 모자라 그걸 다시 구해야 하는 상황이 닥친다. 게다가 애플민트는 제멋대로 자라나는 살아있는 생명인지라, 때가 되면 싫든 좋든 따 먹어야 한다는 단점이 있다. 무엇 하나 내 마음대로 되지 않는다. 그것이 모히토의 좋은 점이다. 결코 호락호락하지 않은 모히토 한 잔을 손에 쥐고 있으면 온 세상을 얻은 것 같은 기분이 드는 것이다.

그런데 왜 하필 웬즈데이 모히토인가. 일주일의 한가운데 있는 수요일은 어쩐지 조금 가라앉는 날이다. 주말에 좋은 약속이 없을 때는 특히 더 그렇다. 더구나 수요일은 비의 날이다. 그런 날에는 한 잔의 모히토가 필요하다, 나는. ♠

착한 콩나물

저 마시라고 듬뿍 물을 주는데도 바보같이 다 뱉어놓는다.
그러면서도 누구 못지않게 쑥쑥 자라난다.
모자란 것도 없고 아까운 것도 없다.
모진 가시도 없고 저항하는 껍질도 없다. 착하다, 기특하다.

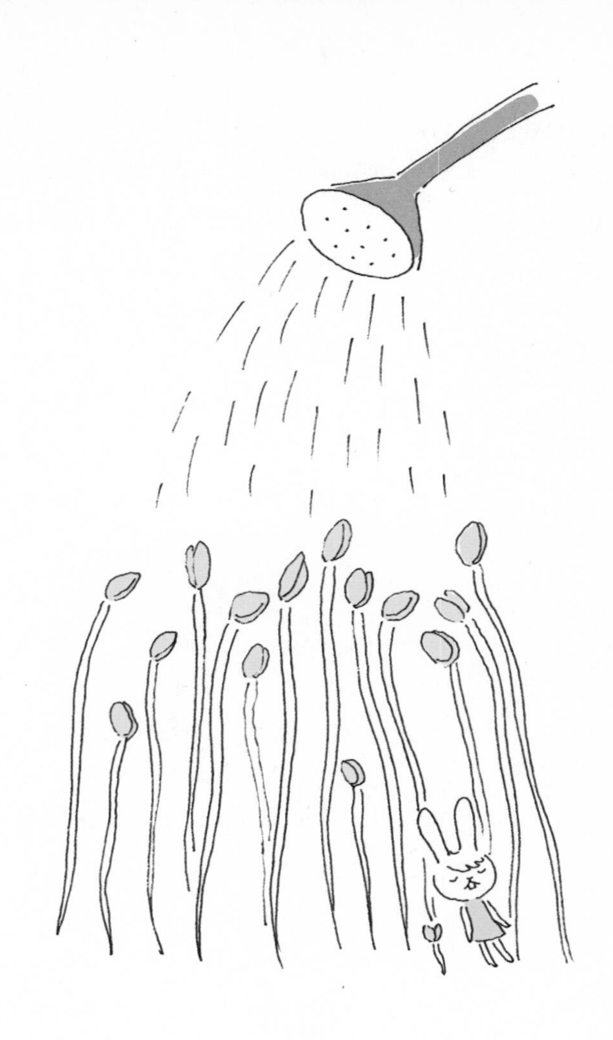

* 콩나물을 보면 풍경 하나가 떠오른다. 초등학교 다닐 때의 어느 날이다. 혹은 초등학교 시절을 생각하면 콩나물이 떠오른다. 닭이 먼저냐, 달걀이 먼저냐, 뭐가 먼저라도 상관은 없지만.

창문은 활짝 열려 있고 햇살은 창턱에 옹기종기 고여 있다. 고만고만한 키의 콩나물들이 몸을 기대며 비비며 웅성거리고 있는 것을, 고만고만한 키의 아이들이 또 몸을 기대며 비비며 바라보고 있다. 콩을 키워보자고 한 것은 선생님이었을 것이다. 씨앗이 어떻게 싹을 틔우고 자라나는지 관찰하는 데 콩만 한 것도 없었을 테니, 선생님은 콩을 구해 와서 구멍이 숭숭 난 시루에 박고 물을 주셨을 것이다. 콩들은 물과 햇살에 흠뻑 젖어 싹을 틔웠고 금세 무성한 콩나물로 성장했다. 매일 당번이 된 아이들이 번갈아 물을 주었고, 당번이 아닌 아이들도 콩이 자라는 모습을 보느라 쉬는 시간마다 창가에 달라붙었다. 그런데 난 정말로 이상한 것이 있었다. 그래서 선생님께 여쭤 보았다.

"선생님, 콩나물에 물을 주면 전부 아래로 빠져나가버리잖아요? 콩나물은 물을 먹지도 않는데 어떻게 저렇게 쑥쑥 자라요?"

내 질문에 선생님은 햇살 같은 미소를 지으셨다. 나랑 비슷한 생각을 하고 있었던지, 아이들도 콩처럼 동그란 눈동자로 선생님을 바라보았다.

“너는 오늘 학교에서 배운 걸 내일 다 기억할 수 있니? 아마 반 정도 기억할까? 그다음 날이 되면 반의 반, 또 그다음 날이면 반의 반의 반밖에 생각나지 않겠지. 그러다가 언젠가는 다 잊어버릴 거야. 하지만 너는 아무것도 배우기 전의 너와는 다른 사람이 되어 있겠지? 콩나물도 그렇단다. 우리가 준 물이 다 아래로 빠져나가는 것 같지만, 사실은 조금씩 자라는 거야. 네가 너도 모르게 많은 것을 알게 되는 것처럼, 콩나물도 그렇게 자라는 거란다.”

어떻게 태어나 어떻게 자랐는지 잊어버린 채 조그마한 비닐봉지 안에 담겨 여전히 몸을 기대고 비비며 어울려 있는 콩나물을 사들고 집으로 온다. 커다란 냄비에 물을 가득 받아 불 위에 올리고, 다시멸치를 거름망에 담아 집어넣는다. 잘 손질해서 알맞은 크기로 잘라놓은 다시마도 몇 장, 물속에 빠뜨린다. 보글보글, 밋밋한 맹물이 시원한 멸치 국물로 변신하는 동안 콩나물을 꺼내어 흐르는 물에 씻은 다음 체에 밭쳐둔다. 요즘은 무농약이다, 유기농이다 해서 콩나물을 다듬을 필요가 없지만 예전에는 제법 손이 가는 것이 콩나물이었다. 콩나물 머리에 영양가가 많으니까 그냥 먹는 게 좋다는 사실을 알기 전에는 머리 따고 꼬리 따는 게 일이었는데 싶어 콧노래가 나온다.

국물이 제대로 우러나면 새우젓갈로 간을 하고, 고춧가루, 다진 마늘, 다진 청양고추를 넣어 얼큰한 맛을 내고, 대파를 송송 썰어 넣고, 콩나물을 넣어 한소끔 삶으면 그것으로 끝. 그런데 콩나물은 오래 삶으면 질겨지기 때문에, 국을 몇 번 데우다 보면 아삭한 맛이 없어진다. 그러니까 나처럼 혼자 사는 사람들은 약간 더 공을 들이는 게 좋다. 공을 들인다고 해봤자 콩나물을 따로 삶는 것이 전부지만. 냄비 하나를 더 꺼내어, 물이 팔팔 끓을 때 콩나물을 넣고, 소금을 조금 넣으면 그만이다. 삶은 콩나물은 건져내어 다른 통에 담아두고, 콩나물 삶은 물은 버리지 말고 멸치 국물에 부어 시원한 맛을 더한다.

어중간하게 남아 식어버린 밥을 그릇에 담고, 멸치 국물을 따뜻하게 데워 붓고, 삶은 콩나물과 잘게 썬 김치를 올리면 훌륭한 콩나물국밥이 완성된다. 없어도 그만이지만 있으면 더 좋은 것은 김과 달걀이다. 김은 살짝 구워서 일회용 비닐봉지 안에 넣고 손으로 부수면 싱크대가 김가루로 난장판이 되는 일도 없고 손에도 묻지 않는다. 필요한 만큼 꺼내 쓰고 비닐봉지 안에 남은 것은 그대로 보관하면 편리하다. 달걀은 껍데기를 깨고 알맹이를 작은 그릇에 담아 전자레인지에 돌리는 것이 제일 쉽다. 취향에 따라 반숙이나 완숙으로 만들어서 국밥에 얹는다. 이 정도면 소문난 콩나물국밥집 부럽지 않다. 멸치 국물과 콩나물을 미리 준비해놓았다면 '자, 이제 밥을 먹어볼까' 하고 자리에서 일어나 십 분도 채 안 되어 밥상 앞에 앉을 수 있으니, 숙취나 과로에 시달린 다음 날 아침에 이보다 더 개운하고 간편한 음식도 드물다.

김이 모락모락 올라오는 콩나물국밥 한 그릇을 앞에 놓고, 나는 또 초등학교 시절을 떠올린다. 그 시절 이후 내가 지나온 시간들을 돌아보면, 세상은 내게 참으로 관대했다는 생각이 든다. 내가 이루었다고 생각한 것들, 혹은 가졌다고 생각한 것들을 한순간에 상실한 적도 많았다. 하지만 어떤 상실도 나를 송두리째 무너뜨리지는 못했다. 나에게 물을 주는 것을 잊지 않았던 부모님과 선생님, 그리고 어른과 스승 노릇을 해준 많은 분들이 있었기 때문이다. 웃자란 콩나물처럼 불안하기만 했던 이십대, 여전히 서투르고 우왕좌왕했던 삼십대를 지나 지금에 이르기까지, 그분들은 한시도 잊지 않고, 하루도 빼먹지 않고 내게 물을 부어주었다. 그 물이 나를 통과하며 나를 만들었다.

내 주위에는 부모님과의 갈등 때문에 방황하는 친구들도 많고, 학창 시절을 통틀어 존경할 만한 선생님을 한 번도 만나지 못했다는 사람들도 많다. 이런 이야기를 들을 때면 나는 속으로 미안한 마음이 든다. 어제 배운 것을 오늘 잊어버리는 아이에게 무한한 사랑을 퍼부어준 부모님과 선생님, 친구와 선배들이 내게 있었다. 먹는 법, 입는 법, 걷는 법, 말하는 법, 글씨를 쓰는 법, 책을 입는 법, 노래하는 법, 마음을 다스리는 법, 사람을 사랑하는 법, 사랑을 나누어주는 법을, 나는 모두 그들로부터 배웠다.

힘들고 지친 내가 나 자신을 포기했을 때, 나의 세계가 온통 캄캄하고 앞이 보이지 않았을 때, 보이지 않고 쉬지 않는 그들의 사랑이 나를 일으켜 세웠다. 그들이 베푼 한없는 사랑을 나는 간직하지도 못한 채 흘려보냈으나, 나는 콩나물처럼 자라났다. 나를 키우기 위해 얼마나 많은 물이 필요했을까. 생각하면 가슴이 먹먹해진다.

외삼촌과 초코파이, 외할머니와 전복죽

외할머니가 아프시다는 말을 듣고
대구에 있는 병원으로 내려가는 길이었다.
공항으로 가는 버스 안에서 엄마의 전화를 받았다.
옆자리에 앉아 있던 낯선 아저씨 한 분이
울음을 터뜨리는 나를 조용히 위로해주셨다.
그 낯선 위로가 지금도 마음 한쪽에 따뜻하게 고여 있다.

뻣

칫

* "열두 시 오 분 전에 꼭 깨워줘야 해."

몇 번이나 다짐을 받아내고서야 나는 잠자리에 들었다. 내 어린 시절의 유일한 의식을 치르기 위해서는 그 시각에 깨어 있어야 했다. 때는 12월 31일, 장소는 경주에 있는 외갓집, 준비물은 초코파이 하나와 작은 초 하나. 자정이 되어 새해가 시작되면 외삼촌과 나는 초코파이에 초를 꽂고 불을 붙인 다음 새해 소망을 이야기한 후 '훅~' 하고 촛불을 불어 끈다, 라는 시나리오였다. 하지만 이 시나리오대로 의식이 치러진 적은 한 번도, 적어도 내 기억으로는 단 한 번도 없었다. 12월 31일 밤에는 잠이 왜 그렇게 쏟아지는지, 어딘가에 몸을 숨기고 있던 잠의 요정들이 한꺼번에 달려들어 나를 납치해서 꿈의 나라로 데려가는 것이다, 라는 어른들의 이야기를 꼼짝없이 믿어버릴 정도였다. 졸린 두 눈을 비비며 나는 마지막 남은 의식을 붙잡고 '열두 시 오 분 전!'을 외친 다음 이렇다 할 저항도 못하고 잠으로 빠져들었다.

하지만 불행히도, 자정까지 깨어 있는 식구는 아무도 없었다. 어쩐 일인지 몰라도 외갓집 식구들은 한결같이 초저녁잠이 많다. 외할아버지, 외할머니는 물론이고 이모들과 외삼촌도, 전부 밤 열 시를 전후해서 잠이 들어버리는 것이다. 다음 날 해가 뜨고 나서야 잠에서 깨어난 나는 왜 나를 깨우지 않았느냐고 칭얼거리지만, 식구들은 언제나 '깨웠지만 일어나지 않았다'라는 거짓말로 일관했다. 결국 초코파이에 불 한 번 붙여보지 못하고 어린 시절의 12월 31일들이 다 지나가버렸다.

그래도 외갓집에서 보내는 한 해의 마지막은 쓸쓸하지 않았다. 난 제일 먼저 태어난 외손이라는 미명 아래 외갓집 식구들의 사랑을 한 몸에 받았고, 그것은 아쉬움도 나태함도 없는 완벽한 사랑이었다. 막내로 자란 외삼촌과 무남독녀로 태어난 나는 열세 살이라는 나이 차이를 뛰어넘어 서로의 만만한 놀이상대가 되었고, 그런 이유로 인해 사소한 일에 목숨 걸고 틈만 나면 아옹다옹했다. 특별한 날, 이를테면 가족들이 다 모이는 명절이 되어 외할머니가 전복죽을 끓여주실 때는 전쟁이 벌어졌다. 일단 자신의 그릇을 끌어안고, 사력을 다해 상대의 그릇 속에 있는 전복의 개수를 파악한 다음, 상대의 전복이 한 개라도 많으면 그걸 뺏기 위해 온몸을 던지곤 했다. 외할머니는 막내이자 외아들인 외삼촌을 제쳐두고 언제나 나의 역성을 들어주셨기 때문에 나는 무서운 게 없었다. 하지만 외삼촌도 호락호락하진 않아서, 나는 울고 외삼촌은 혼나는 것으로 항상 끝이 나곤 했다.

초등학교 1학년 때였던가, 외삼촌이 감언이설로 나를 꼬드겨서 꽤 멀리 있는 빵집으로 심부름을 보낸 적이 있었다. 그 빵

집은 멀기도 했지만, 날도 이미 저물어가고 있었고 날씨도 추웠던 것 같다. 하지만 '돈은 내가 내니까 심부름은 네가 하는 게 당연하다'는 외삼촌의 이성적인 설득에 넘어가, 돈 없는 나는 용기를 끌어 모아 홀로 먼 길을 떠났다. 한 손에 빵봉지를 들고 외갓집 골목 어귀로 접어들었을 때, 대문 앞에서 초조하게 기다리던 외할머니가 뛰어오셨다. 외삼촌은 이미 한 차례 혼이 나서 입이 퉁퉁 부어 있었고 이모들까지 방관죄를 덮어쓰고 야단을 맞고 있었다. 무사히 임무를 마치고 우쭐해서 돌아오던 나는, 그 광경을 보자 갑자기 서러움이 밀려와 왕 하고 울음을 터뜨리며 외할머니 품으로 달려갔다. 속으로 외삼촌이 혼난 걸 고소하다고 생각하면서.

그렇게 두 번 다시 말도 안 할 것처럼 싸우고, 화내고, 삐치고 나서도 삼십 분이 못 되어 나는 외삼촌 뒤를 졸졸 쫓아다니곤 했다. 십이월이 돌아올 때마다 올해 마지막 날에는 꼭 초코파이에 초를 켜자고 약속에 약속을 거듭하며…… 손가락 걸고 손도장 찍으며……

그리고 이제 모두 지나가버린 그날들. 두 번 다시 돌아오지 않을 그날들. 시루에 가득한 쑥떡을 보고 식구들이 "그걸 누가 다 먹어?" 하면 "경신이가 좋아해" 하고 흐뭇해하시던, 싱싱한 전복으로 정성껏 죽을 끓여 내놓고 내가 먹는 모습을 바라보며 흡족해하시던, 새해 아침에 일어나면 "이번에도 그냥 지나 갔네" 하며 웃으시던, 심술이 난 내가 "올해는 꼭 할 거야" 하고 볼멘소리를 내면 "그래그래, 올해는 꼭 해라" 하고 다독거려주시던, 초코파이와 한 번도 켜보지 못한 초 하나를 두고, 또 한 번의 새해가 오기 전에 훌쩍 가버리신…… 외할머니의 무덤 근처에는 해마다 전복을 닮은 작은 꽃들이 핀다. ♠

낯선 곳의 사과 한 알

한 알의 사과 속에서 하나의 해가 떠오른다.
하루를 사는 것은 사과 하나를 먹는 일처럼
평범하고 또 특별한 것.
온 힘을 다해 열린 오늘을
온 힘을 다해 살고, 사랑하고, 보낸다.
작은 씨앗 하나만 남겨두고.

✻ 새벽 네 시에 그 아이가 문을 두드렸다. 얇은 나무판자로 어설프게 막아놓은 손바닥만 한 방, 나는 딱딱한 나무침대에서 몸을 일으켜 손전등을 찾았다. 방을 잠식하고 있던 어둠이 아주 조금 물러갔다. 문을 열자 아이는 방긋 웃으며 눈인사를 한다. 그 아이는 영어를 못하고 나는 네팔어를 모르지만, 새삼스럽게 소통해야 할 의사는 없다. 산을 올라야 할 시간인 것이다.

스웨터를 입고 양말을 신고, 침낭에 들어가 지퍼를 코끝까지 올린 것이 몇 시간 전이었다. 뜨거운 햇살 아래에서 땀을 뻘뻘 흘리다가, 마을에 도착하자마자 배낭에서 겉옷을 꺼내 입어야 했다. 밤이 되자 기온은 더욱 내려갔다. 발전기로 돌리는 전기는 끊어진 지 오래, 머리맡에 놓인 촛불을 훅 불어 끄고 잠을 청했다. 안나푸르나 기슭에 발을 들여놓은 지 나흘째, 밤마다 어지러운 꿈들이었다. 오래전에 나를 떠난 이들, 내가 떠나온 이들이 두서없이 나타나 마음을 할퀴었다. 얇은 나무판자가 벽의 구실을 하는 숙소, 딱딱한 나무침대 위에서 오들오들 떨며 꿈의 무게에 질식해가고 있던 나를 깨운 것이 그 아이였다.

해발 2,853미터에 있는 마을 고라파니까지 올라가는 데 2박3일이 걸렸다. 그날은 5박6일짜리 트레킹의 하이라이트라고 할 수 있는, 푼힐 정상의 해돋이를 보는 날이었다. 삼십대 초반의 가이드 한 명, 그리고 열대여섯 살쯤 되어 보이는 포터 한

명이 나와 동행했다. 아이는 이미 내 배낭을 메고 거칠고 어두운 산길을 사슴처럼 뛰어올라 가고 있었다. 얼어붙은 몸을 추슬러 기지개를 켜자 하늘 가득 매달려 있는 별들이 한 번에 달려들었다. 정상으로 이어지는 길은 곧 해돋이를 보려는 트레커들로 인해 북적북적해졌다.

고라파니에서 푼힐까지는 약 한 시간 거리. 가파르고 어둡고 좁고 거친 오르막이 계속되었다. 꽤 많은 사람들이 줄을 지어 올라가고 있기 때문에 중간에 멈출 수도 없었다. 오십 분여를 올라갔을까, 이제 한계다, 생각하는데 마침 한쪽에 잠시 쉴 만한 공간이 보였다. 숨을 고르고 둘러보니 꽃이 놓인 작은 묘비명 앞이었다. 무심코 묘비명에 쓰인 글을 읽었다.

'내가 낯선 곳에 이를 때마다 나의 사랑은 더욱 강해질 것입니다. 당신에게 안녕이라는 말은 영원히 하지 않겠습니다.'

1999년, 한 쌍의 부부가 푼힐 정상에 오르다가 아내가 고산병으로 쓰러졌다. 아내는 이곳에서 숨을 거두었고, 남편은 아내를 여기 묻었다. 묘비명은 남편이 쓴 것이었다. 묘비명이 있는 곳에서 정상까지는 십 분 정도 거리. 숨을 고르며 한 발자국씩 내딛어 3,210미터의 푼힐에 도착하자, 꼭대기에 하얀 눈을 뒤집어쓴 산들이 여명 속에서 모습을 드러내기 시작했다. 기대했던 것처럼 특별한 감흥이 일어나진 않았다. 나의 의식은 여전히 지난밤의 어지러운 꿈속에서 헤어 나오지 못하고 있었고, 내 몸은 피로와 추위에 마비되어 있었다. 나는 겨우 전망대 한 쪽에 자리를 잡고 카메라를 꺼냈을 뿐이다.

과학적으로 생각하면, 산 위로 해가 솟아오르는 행위에는 별다른 의미가 없다. 그저 지구가 한 바퀴 돌아 제자리로 돌아온 것이다. 오늘 떠오르는 해는 어제 진 바로 그 해이고, 해 아래 새로운 것은 아무것도 없다고 하지 않았던가. 태어나 지금까지 수없이 보아왔던 해를 위해 사흘 동안 변변히 잠도 못 자고 먹지도 못하면서 여기까지 올라왔던가, 하는 시건방진 생각에 잔뜩 경도된 채, 나는 인형처럼 사람들 속에 서 있었다.

그리고 당연하게도, 해가 떴다. 새벽 5시 45분, 가장 높은 산의 꼭대기가 점점 밝아지더니 마침내 동쪽에서 붉은 해가 떠올랐다. 그것은 느리지도 않고 빠르지도 않게, 수억 번의 신중한 연습 끝에 마침내 가장 자신 있는 포즈를 찾아내고 자랑스럽게 내보이듯, 부드럽고 또 강하게 솟아올랐다. 불현듯 내 눈에 뜨거운 눈물이 맺힌 것은 계산 밖의 일이었다.

이것이 하루인가…… 지금 막 내가 새롭게 받은 또 다른 날, 온 힘을 다하여 다시 시작되는 날, 그것의 시작인가. 막연하게 또는 아주 분명하게 내 의식은 그런 생각으로 빠져들어 갔다. 이제 막 떠오른 붉은 해는 나를 향해 미소를 짓는 것 같기도 하고 꾸중하는 것 같기도 했다. 내게 미소를 짓거나 꾸중하는 건 어쩌면 해가 아니라, 어제와 다를 바 없는 해, 그 해를 보기 위해 오르다 다 오르지 못한 한 여자, 그 여자를 대신하여 걸음을 추슬러 정상으로 향했을 한 남자였는지도 모르겠다.

잊지 말자, 나는 마음속으로 다짐했다. 해가 이토록 열심을 다해 뜨는데, 이토록 장엄하게 하루가 시작되는데, 이 눈부신 기적을, 화려한 선물을 나는 지금까지 무시하고 소비해온 거야, 잊어버리면 안 돼, 저 해를. 그리고 나는 또 생각했다. 낯선 곳에 이를 때마다 더욱 강해지는 사랑을. 지나간 사랑이란 추억 속에서 상기되는 것인 줄만 알았다. 물리적인 이별은 모든 것의 끝이라 생각했다. 나는 아주 슬퍼졌다. 스스로 맞지 못했던 수많은 내일들과 소중하게 끌어안지 못했던 사랑들 때문이었다. 그것을 깨달았음에도 불구하고, 나는 곧 무미한 일상 속으로 다시 걸어 들어갈 것이기 때문이었다.

내려오는 길은 올라가는 길보다 빠르고 건조했다. 겨우 남은 온기를 마저 빼앗아 가려는 바람 속에서 나는 아침식사를 했다. 트레킹을 시작한 이후 끼니때마다 식탁에 올라오던 카레는 냄새도 맡기 싫어서, 하얀 쌀로 하얀 죽을 끓여달라고 부탁했다. 아주머니는 작은 사과 한 알과 달걀프라이를 함께 내오셨다. 아무 맛도 없는 맨 얼굴의 죽을 입안으로 흘려 넣으며,

나는 해처럼 붉고 둥근 사과를 오래오래 응시했다.

몇 해가 흘렀다. 각성의 순간은 너무 쉽게 지나가버렸다. 나의 날들은 여전히 모래알처럼 내 손가락 사이로 빠져나가고, 터무니없이 쉽게 보내버린 시간들은 바싹 마른 나뭇잎처럼 무의미하게 굴러다닌다. 잊지 말아야 할 기억을 까마득히 잊어버린 채, 중요하지도 않은 일들에 마음을 빼앗기며 하루를, 일 년을, 그리고 평생을 보내고 있는 건 아닐까? 온 힘을 다해 새롭게 시작되는 하루를, 매일 새롭게 시작되는 기적을 어떻게 감당해야 하는지, 나는 아직도 알지 못하는 건 아닐까?

오늘이 아니라 내일을 생각하면, 그 속에 포함된 걱정과 두려움과 기대가 마음을 어지럽힌다. 오늘만을 생각하면, 어지러운 걱정과 그것을 덮을 순간의 위안에 마음 쓸 필요가 없다. 일용할 양식, 일용할 겸손, 일용할 성실함과 일용할 사랑만을 구하여, 하루하루 살아가면 그것으로 족한 것이다. 그런 삶 안에서, 매일의 해는 '새 해'이고 매순간은 '기적'이다. 내가 이루어야 할 것은, 먼 미래에 존재하는 보이지 않는 꿈이 아니다. 다만 오늘 하루를 제대로 살아내라는 것, 푼힐의 해는 내게 그것을 가르쳐주고 싶었던 건지도 모르겠다. 혹은 한 손에 쏙 들어와 가득 차게 쥐여지던 그 사과 한 알은. ♠

프리지아와 초콜릿 상자

사랑하는 사람아, 기다리고 있어
가장 무서운 사막이라 할지라도
꽃핀 레몬, 꽃핀 레몬나무 옆에서
내가 너를 기다리고 있어
이 세상 모든 곳, 생명이 있는 곳
봄이 피어나는 곳에서
사랑하는 사람아, 내가 너를 기다리고 있어

—파블로 네루다, 「길 위에서의 편지」 중에서

* 신촌로터리에서 연대 쪽으로 가는 길 위에, 부부가 운영하는 조그마한 꽃집이 하나 있었다. 문도 없고 지붕도 없는 길 위의 꽃집이지만, 사계절 내내 언제나 가장 싱싱한 꽃들만 팔고 있어서 오래된 단골이 많은 집이었다. 나도 그 많은 단골들 중 한 사람이었다. 지나가다 눈인사라도 하게 되면 어김없이 부부가 달려 나와 내 손을 잡아끌고는 따뜻한 차 한 잔을 건네주었고, 운이 좋을 때면 장미 한 송이를 선물받기도 했다.

겨울은 끝났는데 봄은 아직 오지 않았던 어느 해 2월이었다. 차를 나눠 마시다가 부부가 문득 이야기 하나를 들려주었다. 해마다 그맘때면 꽃을 사러 오시는 할아버지가 계셨다고 했다. 할아버지가 처음 오신 날은 7년쯤 전의 밸런타인데이였다. 그런데 할아버지 손님이라니. 부부는 궁금해져서 누구에게 꽃을 드릴 것인지 조심스럽게 여쭈어보았다. 할아버지가 말씀하셨다.

"오늘이 발레 뭐라고 아들 녀석이 며느리에게만 꽃을 사다 줬어. 그래서 나도 할멈 주려고 그러오. 뭐든 제일 싱싱한 걸로 듬뿍 줘보시오."

부부는 가장 향기로운 그해의 첫 프리지아를, 세 다발이나 정성껏 포장하여 할아버지에게 드렸다. 그리고 한 다발 값을 받았다. 이후 할아버지는 해마다 꽃을 사러 오셨다. 밸런타인데이가 돌아오면, 부부는 할아버지를 위해 가장 좋은 프리지아를 남겨두곤 했다. 그렇게 다섯 해가 지나고 또 그날이 되었다. 부부는 바쁘게 일을 하면서도 할아버지를 기다렸다. 유난히 바쁜 하루가 정신없이 가고 불현듯 저녁이 찾아와 꽃들의 모습이 어둠 속에 완전히 잠길 때까지. 하지만 할아버지는 오지 않으셨다. 무슨 일인가 궁금하고 걱정스럽기도 하여, 부부는 다음 날도, 그다음 날도 할아버지를 기다리느라 목을 빼고 있었다. 하지만 거리가 나긋나긋한 봄의 향기에 휩싸일 때까지 그 분은 오시지 않았다. 할아버지를 기다리던 노란 프리지아는 벌써 오래전에 시들어버렸다. 그것이 한 해 전의 일이었다.

이야기를 마친 부부는 한쪽 구석에 놓인 작은 물통을 바라보았다. 예쁘게 포장된, 그러나 조금씩 시들어가기 시작하는 프리지아들이 올해도 할아버지를 기다리고 있었다. 손가락을 꼽아보니 밸런타인데이는 닷새나 지나 있었다. 할아버지에게 무슨 일이 생긴 것일까? 아니면 할머니에게? 입 밖으로 내어 말을 하진 못했지만, 우리는 모두 그런 생각을 하고 있었다.

집으로 돌아가는 길, 헛헛한 마음이 말랑말랑하고 달콤한 무엇을 요구했다. 나는 오래전에 사다놓고 방치해둔 조리기구 몇 개를 떠올렸다. 그때 나는 누군가를 위해 초콜릿을 만들려고 그것들을 구입했다. 그러나 딱딱한 초콜릿 덩어리를 잘게

다지는 것만으로도 지쳐버려, 중탕으로 녹인 초콜릿을 틀 안에 부을 때쯤에는 달큰한 냄새까지 싫어졌다. 내가 왜 이런 걸 하고 있나 싶어 후회막심이었다. 시간과 노력은 몇 배로 들였는데 가게에서 파는 것보다 모양도 맛도 좋질 않으니 받는 사람이 알아나 줄까 싶었다. 결국 나는 누구에게도 그 초콜릿을 주지 않았고, 이후로 두 번 다시 만들 생각도 하지 않았다.

시들어가는 프리지아를 마음에 품고 초콜릿을 만드는 데 필요한 재료 몇 가지를 샀다. 내가 만든 초콜릿은 여전히 울퉁불퉁했지만 그래도 괜찮다는 생각이 들었다. 초콜릿 서너 개가 든 작은 박스를 주머니에 넣고 일주일 후에 다시 그 꽃집에 들렀다. 누구에게 가야 할지도 모른 채, 그저 꽃핀 프리지아 곁에 그것을 놓아주고 싶었다. 프리지아는 여전히 물통 속에 꽂혀 있었지만, 차가운 꽃샘바람으로 인해 싱싱하던 얼굴이 훌쩍 상해 있었다. 막 꽃집에 도착한 탐스러운 꽃들이, 노란 프리지아를 더욱 초라하게 만들었다.

나는 그 프리지아를 내게 팔라고 했다. 부부는 그냥 가져가라고 했다. 한참 실랑이를 하다가 결국 꽃값을 주지 못하고 꽃다발을 받아왔다. 메마르고 커다란 바람의 덩어리를 삼킨 것처럼 얼얼한 목 언저리를 문지르며, 십 년 전에 졸업하고 지난 오 년 동안 한 번도 가본 적이 없었던 모교로 걸음을 옮겼다.

그리고 윤동주 시비 앞에 꽃다발과 초콜릿 상자를 내려놓았다. 딱히 갈 곳이 없는 꽃과 초콜릿이어도, 시인은 기쁘게 받아줄 것 같았다.

온 세상 사람들이 사랑을 구하고 있었다. 온 세상 사람들이 사랑의 증명을 원하고 있었다. 무서운 사막에서 기다리지도 못하면서. 봄이 피어나는 곳에서 기다리지도 못하면서. 무언가 설명할 수 없는 감상에 빠진 채 나는 괜히 주먹으로 곁에 있던 늙은 은행나무를 툭툭 쳐보았다. 후드득, 가지 위에 아직 남은 서리들이 내 머리 위로 떨어졌다. ♠

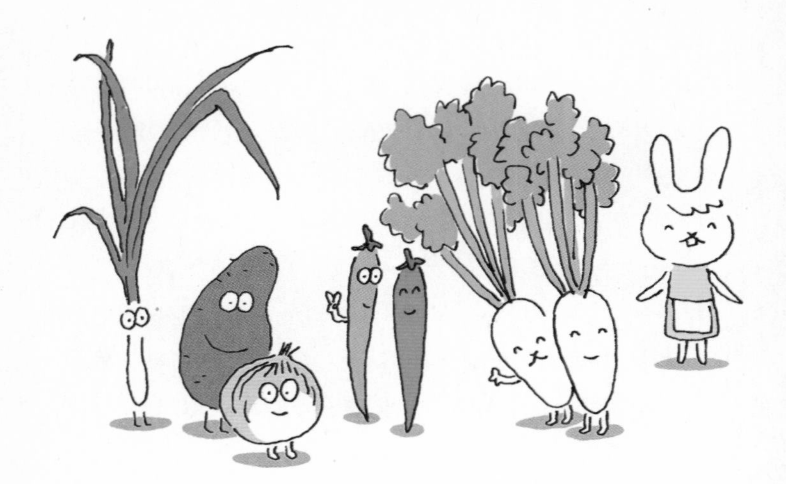

꽃보다 무청

피어난 꽃에게 예쁘다, 예쁘다, 말을 하면
꽃이 더 예쁘게 더 오래 피어 있다는 이야기를 들은 적이 있다.
나물을 무칠 때면 착하다, 착하다, 저절로 중얼거리게 된다.
냉동실에 얼려둔 밥 하나를 꺼내 녹이고
나물과 고추장을 넣어 쓱쓱 비비면 그보다 착한 한 끼가 없다.

✻ 침대에서 빠져나와 커피를 내리고 베란다 문을 연다. 날씨와 계절에 관계없이 아침마다 차가운 바람에 뺨을 대보는 것은 오래된 습관이다. 지독하게 추운 날만 아니면 바람이 통하도록 하루 종일 창을 열어두는 것도. 밖을 내다보니 파랑, 빨강, 초록색 천으로 만든 지붕이 눈에 들어온다. 그 지붕 아래에 벌써 올망졸망 자리를 잡고 앉아 있을 빨갛고 하얗고 초록색인 채소들이 그려진다.

'금요일이구나. 오늘.'

어제보다 단단해진 공기를 만져본다. 휴우, 안도의 한숨이 흘러나온다. 하루라는 시간 안에는 분명 터무니없이 깊고 긴 시간도 있었는데, 그 자리에 못을 박은 듯 꼼짝도 하지 않아 멍해진 적도 있었는데, 이렇다 할 흔적도 없이 또 며칠이, 몇 주가, 몇 달이 지나버렸다는 것을 깨달을 때가 있다. 써야 할 원고와 쓰고 싶은 글, 읽어야 할 책과 읽고 싶은 책, 만나야 할 사람과 만나고 싶은 사람, 해야 할 일과 하고 싶은 일이 이쪽과 저쪽으로 뻗어 있어 어느 쪽을 택해도 마음이 기껍지 않을 형편에 놓이면, 마음은 문득 사춘기 소녀처럼 철없는 반항을 하기도 한다. 딱히 성의도 없이 이것저것 집적거리다가 에잇, 모르겠다, 아무것도 안 하련다, 우뚝 서버리고 싶어지는 것이다. 하지만 그렇게 해서 해결되는 일은 하나도 없고, 뭔가 대단히 비생산적인 삶을 살고 있는 것 같아 의기소침해질 뿐이다.

이런 날에 반가운 것이 알록달록한 천지봉이다. 매주 금요일마다 트럭을 몰고 와 아파트 광장에 평상을 펴고 채소와 과일 등속을 파는 아저씨와 안면을 튼 것도 벌써 몇 달 전이다. 아파트 생활이 처음인지라 첫 몇 달은 저 아래에서 뭘 팔고 있을 거라고는 생각을 못했다. 어느 날 유심히 내려다보고 있자니 몇몇 아주머니들이 기웃거리며 뭔가를 고르고 있는 모습이 눈에 들어와 호기심에 슬쩍 발걸음을 해본 것이 첫 방문이었다. 여름이 한창이었을 때라 수박이며 참외 같은 과일들이 주인공 자리를 버젓이 차지하고 있었다. 마트에 진열된 매끌매끌한 것들만 보다 맨얼굴로 평상에 앉아 있는 것들을 보니 왈칵 반가움이 일었다. 호박이며 오이 같은 푸른 채소들, 자루 속에 든 감자와 고구마와 양파, 콩과 보리 같은 동글동글한 잡곡들, 플라스틱 병에 담긴 먹음직스러운 고추장과 된장 앞에 쪼그려 앉아 오랜만에 만난 친구를 보듯 눈을 맞추었다.

햇볕에 그을린 까만 얼굴을 한 아저씨는 싱글싱글 웃으며 재촉도 하지 않고 내 걸음을 따라다니시며 하나하나 이름을 불러주고 설명을 해주셨다. 이건 집에서 담근 된장이라 구수하니 아욱 넣고 국을 끓이면 좋습니다. 저건 어제 딴 고추라 조금 시들었으니 싸게 가져가요. 복숭아가 맛이 들었으니 한번 먹어봐요. 나는 망설이다가 채소 몇 가지와 토마토를 골랐는데, 조그맣고 못생긴 그 토마토가 어찌나 맛있던지 사흘 만에 열 개를 먹어치우고 다음 주가 돌아오기를 손꼽아 기다렸더랬다.

그 후부터 금요일이면 천가방 하나를 들고 장을 보러 간다. 지난주에 있던 것이 사라지기도 하고 없던 것이 나오기도 하는 것을 보면서, 제철식품이 뭔지도 조금씩 알게 되었다. 제철식품을 챙겨 먹은 기억이 아득하다는 것도 뒤늦게 알게 되었다. 지난여름에는 유난히 비가 많이 와서 채소가 귀했고, 그래서 채소 귀한 줄도 알았다. 한동안 아무 맛도 없었던 무가 제법 단맛이 들어 물김치 담글 때가 된 줄도 알았다. 홍시와 사과와 밤, 시금치와 호박과 무를 한가득 사들고 오는데, 엘리베이터 안 거울에 천가방에서 삐죽하게 튀어나온 무청이 비쳤다. 꽃보다 예쁘다. 그래서 무청을 향해 웃어준다.

집으로 들어와 에이프런을 두르고 냄비를 꺼낸다. 무나물과 콩나물, 호박나물과 시금치나물을 삶고 무치고 볶는다. 지난 생일에 후배 하나가 선물로 준, 농사짓는 부모님이 직접 짜셨다는 참기름의 진한 향이 온 집 안을 넘실거린다. 나박나박 썬 무와 사과를 넣고 물김치도 담근다. 붉은 고추와 청양고추, 양파와 마늘과 생강을 썰고 다지다가 얼마 전에 친구가 준 오미자즙이 기억나 그것으로 국물 맛을 낸다. 무청은 버리기 아까워서 된장에 무치거나 국을 끓여 먹어야지, 작정하고 삶아서 냉동실에 넣어둔다. 채 썬 붉은 고추가 조금 남아 잔멸치를 꺼내 고추장과 꿀을 넣고 볶는다. 그릇마다 가득 담아놓으니 점심시간이 훌쩍 지났다. 뭔가 조금은 생산적인 일, 최소한 해롭지는 않은 일을 한 것 같아 흐뭇하다.

착한 채소들로 착한 음식들을 잔뜩 만들었으니, 이제 밥값을 해야지, 하고 컴퓨터 앞에 앉는다. 열린 창 너머로 어제보다 조금 차가워진 바람이 불어오지만, 나는 어제보다 조금 가벼워진다. ♠

왼손잡이 여인의 커피

세 잔째의 커피를 내려 책상 위에 놓고,
일을 하다 가끔 컵을 들어 그것을 마신다.
컵은 언제나 왼쪽에 놓여 있다.
왼손으로 커피를 마시는 것, 무척 오래된 습관이다.

* 그때 나는 고등학생이었고, 불합리하면서 부조리하고 게다가 답답하기 짝이 없는 세상을 어쩌지 못한 채 속으로만 분을 삭이고 있던, 스스로를 굉장히 무기력하게 느끼던 작은 여자아이 중 하나에 불과했다. 세상에 대한 설명할 수 없는 분노와 억울함 때문에, 다른 아이들처럼 나도 종종 울었다. 어째서 유난히 그 시절에 억울하고 서러운 일들이 많이 일어났는지, 그 이유는 모르겠다. 선생님한테 혼이 나고도 울었고, 친구들과 다투고도 울었고, 교정에 혼자 앉아 떨어지는 꽃잎을 보고도 울었다. 나는 그 시절에, 다른 사람들이 나의 이야기를 도통 들어주지 않는다고 생각하고 서러워했는데, 다시 생각해보면 이유야 어찌되었든 나는 그냥 울고 싶었는지도 모르겠다.

당연히 그 이유는 잊었지만, 그날 오후에도 나는 울고 있었다. 점심시간이 지나고 5교시 아니면 6교시를 마친 후의 쉬는 시간이었을 것이다. 공중에는 먹먹하고 두터운 더위가 떠돌고 있었고, 날씨는 흐렸다. 나는 다른 친구들이 눈치채지 못하도록 흐르는 눈물을 쓰윽 닦고 아무 일도 없었던 것처럼 다음 수업시간을 위해 교과서를 폈다. 그때 내 등 뒤에서 쪽지 하나가 넘어왔다. 하얀 종이 위에 쓰인 푸른 글씨들. 그녀가 어째서 내가 울고 있는 걸 보고 있었는지 모르겠다. 내 친구들이 화장실을 다녀오고 수다를 떨고 하느라 부산한 사이, 한쪽 구석에서 내가 울고 있는 것을 지켜본 그녀. 그 쪽지의 내용을 나는 아직도 기억한다.

……모른다. 그러나 눈을 적시기에는 눈물이 너무나 아까운 일 같구나. 아름다운 일에만 울자. 많이 보고, 많이 느끼고…… 우는 동안은 눈이 흐려 볼 수 없어…… 울음이 잦은 가지는 병든 가지. 울음을 자주 보이는 가지는 혼자 설 수 없어. 오늘은 좀 아는 척하고 싶었을 뿐이다.

쪽지의 뒷면에는 김민기의 〈꽃 피우는 아이〉라는 노래의 가사가 씌어 있었다. 그 노랫말이 어떻게 시작되었던가……

무궁화꽃을 피우는 아이
이른 아침 꽃밭에 물도 주었네
날이 갈수록 꽃은 시들어
꽃밭에 울먹인 아이 있었네
꽃은 시들어 땅에 떨어져
꽃피우던 아이도 앓아누웠네
누가 망쳤을까 아가의 꽃밭
누가 다시 또 꽃피우겠나
무궁화꽃 피어 꽃밭 가득히
가난한 아이의 손길처럼

그날 나의 눈물을 아는 척했던, 그러나 그리 친하지는 않았던 그 아이의 쪽지가 나에게 작은 위안이 되었던가. 고만고만한 우리 또래들 중에서 그 아이는 조금 특별한 존재였다. 우리가 어린아이들 같았다면 그 아이는 이미 어른이 되어버린 아이였다고 할까. 그 아이는 우리와 다르게 글을 썼고, 우리와 다르게 말을 했다. 그 아이가 교내 시화전에서 자신이 쓴 시를 발표하면, 선생님들은 다른 사람의 것을 베껴 온 것이 아니냐고 의심했다. 나는 그 아이가 쓴 시를 곰곰이 읽어보았지만, 무슨 말을 하고 있는 건지 알 수 없었다. 알 수 없는 것은 알 수 없다는 이유로 설명할 수 없는 가치를 얻게 된다. 그래서였을까? 나는 그 아이가 준 쪽지를 오래도록 일기장에 끼워두었다.

왜 하필 내게 그런 쪽지를 보냈을까? 하는 의문을 잊어갈 때쯤, 나는 그 아이에게서 두 번째 쪽지를 받았다. 그리고 '왼손잡이 여인'을 알게 되었다. 아니, '왼손잡이 여인'의 존재에 대해 알게 되었다는 것이 정확하다. 그 아이가 두 번째 쪽지에 썼던 왼손잡이 여인에 대한 글은, 첫 번째 쪽지가 선명하게 기억나는 것만큼이나 이상한 일이지만, 전혀 기억이 나지 않는다. 내가 기억하는 것이라고는 고작해야 그것이 '왼손잡이 여인'에 대한 것이라는 것뿐이다.

세월이 흘렀다. 나는 헌책방에서 책들을 뒤적이다가 『왼손잡이 여인』이라는 제목의 책을 우연히 발견했다. '피터 한트케' 라는 작가가 쓴, 낡은 책이었다. 피터 한트케가 누군지도 몰랐던 나는 제목만 보고 그 책을 샀다. 그리고 당연히 책을 읽었다. 분명히 읽었다. 그런데 그 내용이 무엇인지, 역시 조금도 기억할 수가 없다. 기억나지 않는 것은 기억나지 않는다는 이유 때문에 역시 설명할 수 없는 가치를 얻게 된다. 그래서 나는 내가 알 수 없는 '왼손잡이 여인'에 대한 쪽지와, 내가 기억할 수 없는 피터 한트케의 『왼손잡이 여인』에 대한 이야기밖에 할 수가 없다.

나는 지금, 이 글을 읽는 당신이 피터 한트케가 쓴 『왼손잡이 여인』이라는 소설에 대해 한 번도 들어본 적이 없거나, 들어보긴 했지만 읽은 적이 없거나, 읽기는 했지만 너무 오래전의 일이라 기억이 안 나는 사람 중 하나이길 간절히 원한다. 불완전하고 이기적이기 짝이 없는 나의 뇌는, 그 아이의 쪽지와 피터 한트케의 『왼손잡이 여인』을 뒤섞고 분리하고 마모시켜서 나의 '왼손잡이 여인'을 만들어냈다. 내가 알고 있는 왼손잡이 여인에 관한 정보는 두 가지이다. 그녀에 대한 첫 번째 기억. 왼손잡이 여인은 왼손으로 차를 마신다. 당연한 것 아니냐, 고 묻는다면 할 말이 없다. 그런데 그 여인이 왼손으로 차를 마시는 것에는 이유가 있다. 수많은 사람들이 오른손으로 찻잔을 잡고 차를 마시기 때문이다. 그 여인은 수많은 사람들의 입술이 스친 자리에 자신의 입을 대고 싶지 않았다. 왼손잡이로서의 습관 때문이 아니라 일종의 결벽증인 셈이다. 그녀는 정말 왼손잡이일까? 어쩌면 그건 보수적인 사회의 관념들, 모든 권위와 위선에 대한 거부였는지도 모른다.

그녀에 대한 두 번째 기억. 왼손잡이 여인은 서투른 사랑을 한다. 밑도 끝도 없이 서투른 사랑이다. 사랑이 뭔지도 잘 모르겠는데 서투른 사랑이라니! 그 여인이 누구를 사랑했는지, 어떻게 사랑했는지, 그래서 어떻게 끝이 났는지 아무것도 알 수 없는 채 그저 서투른 사랑이다. 그런데도 나는 이 두 가지 코드로 만들어진 왼손잡이 여인에 대해 환상을 가지고 있으며 그녀를 사랑하고 있기조차 하다. 그녀가 사소한 결벽증을 가지고 있으며 서투른 사랑을 한다는 이유만으로.

얼마 전에 나는, 혹시 멋있는 답이 나올까 해서 몇몇 사람들에게 이런 질문을 해보았다.

"당신이 만난 이 세상에서 가장 아름다운 여자는 누군가요?"

사람들은 이렇게 대답했다.

"내가 사랑했던 여자요."

그 평범한 대답에, 나는 웃었다.

"그 여자를 왜 사랑했나요?"

"글쎄, 그냥 사랑했어요. 지금 생각하면 잘 알 수 없는 이유인데……"

더더욱 평범한 대답에, 나는 웃으며 더 이상 질문하기를 포기했다. 그들이 나에게 아주 중요한 이야기를 했다는 것은 며칠 후에야 알았다. 우선 그들은 내게 과거형으로 이야기했다. '사랑하는' 여자가 아니라 '사랑했던' 여자라고. 게다가 그들은 '알 수 없는 이유'라고 말했다. 그녀의 얼굴, 그녀의 목소리, 그녀의 몸짓을 잊어가면서 사람들은 한때 자신이 사랑했던 여자를 점점 알 수 없게 되어버린다. 시간이 아주 많이 흐르면, 자신이 그 여자를 만나기나 한 건지, 그 여자가 실제로 존재하는 사람인지조차 확신할 수 없게 되어버린다. 자신이 왜 그 여자를 사랑했는지에 대한 이유 같은 건 더더욱 알 수가 없다.

알 수 없는 이유. 그것이 바로 '왼손잡이 여인'의 비밀이며 아름다움이라는 것을 나는 깨닫는다. 그녀는 '사소한 결벽증'을 가지고 있다. 그것은 세상과 쉽게 타협하지 않으려는 의지이다. 그녀가 왼손으로 찻잔을 들어 차를 마시는 모습을 나는 여러 번 상상해보았다. 오른손잡이인 내가 커피를 마실 때 왼손을 사용하는 습관은, 그때 시작된 것이다. 그녀는 '서투른 사랑'을 한다. 그것은 그녀가 사랑에 대해 진심으로 생각한다는 증거이다. 처음부터 사랑을 잘할 수 있는 사람은 없다. 그건 얼마나 오랫동안 누구를 사랑했는지, 얼마나 많은 사람을 사랑했는지 등등의 것과도 상관이 없다. 진심으로 사랑을 만나려고 하는 사람이라면, 사랑이 서투른 것은 당연하다. 나는 왼손잡이 여인을 기억하며, 나의 서투른 사랑을 부끄러워하지 않기로 한다. 서투른 만남과 서투른 다툼과 서투르게 낭비한 시간들, 서투른 기다림, 서투른 고백, 서투른 배신, 서투른 절망, 서투른 이별까지.

나는 내가 기억하지 못하는 것들을 기억해보려 애쓴다. 내가 기억하지 못하는 나. 내가 잃어버린 나에 대한 기억들. 그러나 어떤 알 수 없는 이유로 인해, 누군가 다른 이의 가슴속에 묻혀 있을지도 모르는, 그런 사소한 기억들. 어둠 속에서 나를 바라보던 한없이 투명한 눈, 넘어진 나를 일으켜주던 힘센 팔, 하염없이 멀어져가던 그 사람에게로 불어가던 바람, 울고 있는 내게 쪽지를 건네준 작은 손, 어두운 헌책방에서 먼지를 켜켜이 덮어쓴 채 나를 기다리던 왼손잡이 여인, 그녀가 왼손으로 쥐었던 하얀 찻잔, 찻잔에서 가만히 퍼져 나가는 하얀 김들, 서투르게, 서투르게 나에게 왔던, 그리고 떠나갔던 사람들.

다른 사람들이 그러하듯, 나에게도 종종 불합리하고 대체로 부조리하고 자주 답답한 세상에 대한, 설명할 수 없는 분노와 억울함이 있다. 그러나 더 이상 그런 것들 때문에 울지 않는다.

내가 알 수 있는 일들, 이해할 수 있는 것들은 어쩐지 점점 많아지는 듯하지만, 알 수 없는 것들로 인해 가끔 세상은 아름다워진다. 그러므로 당신이 모르는 나에 대해, 내가 모르는 당신에 대해, 우리 서로 많은 것을 묻지 말기를. ♠

그들의 '18번'과 고갈비 한 접시

좋은 술과 좋은 안주를 한 상 가득 차려놓고도
허기를 느낄 때가 있다.
열심히 일을 하고 훌륭한 성과를 올리고 나서도
마음이 헛헛할 때가 있다.
그럴 때면,
문득 고등어 굽는 냄새가 그리워진다.

✻ "오랜만에 다들 얼굴 좀 볼까 하는데, 역시 판잣집이 좋겠지?"

"네, 제가 얘기해둘게요."

"오케이. 그럼 그날 보자고."

선배와 전화 통화를 마치고 〈판잣집〉 주인언니에게 전화를 걸었다.

"언니, 이번 주 금요일에 갈게요. 우리 늘 앉는 자리. 열 명쯤 되려나. 자리 있겠지?"

"어, 걱정 마."

일일이 헤아리지도 못할 만큼 많은 술집들이 있는 신촌이지만, 대학 시절의 선배들과 만나기 위해 장소를 정하는 일은 늘 쉽지 않았다. 우리는 80년대에 대학을 다닌 이른바 386세대였고, 그때와 지금의 신촌 지도를 비교하면 단 한 군데도 같은 곳이 없을 거라고 99퍼센트 확신한다. 삐삐도 휴대폰도 없던 시절, 지금 어디 있는지, 어디로 가면 누구를 만날 수 있는지 알려주는 메모들이 더덕더덕 붙어 있던 서점 〈오늘의 책〉이라거나, 깍두기 하나 놓고 막걸리 마시며 밤새 고래고래 노래를 불러도 쫓아내지 않던 〈다리네〉라거나, 내가 태어나기 전부터 존재했고 내가 죽은 후에도 존재할 것 같았던, '연대 앞'의 심벌이었던 〈독수리다방〉마저 사라진 후, 신촌은 어쩐지 몸에 맞지 않는 옷처럼 불편한 곳이 되었다.

그러다가 몇 년 전 찾아낸 곳이 〈판잣집〉이었다. 그 시절 학교 앞에는 록음악을 틀어주고 생맥주를 파는 바가 여러 군데 있었는데, 그중에서도 우리는 〈시저스〉를 자주 들락거렸다. 옆자리에 앉은 사람끼리도 소리를 질러야 대화를 할 수 있을 정도로 음악 소리가 컸던, 그래서 스무 살 뜨거운 피와 열기를 토해내고 묻어버릴 수 있었던 아지트였다. 그곳을 운영하던 주인 언니는 〈시저스〉가 문을 닫은 후 몇 번 자리를 옮겨 다른 가게를 열었는데, 지금까지 버티고 있는 것이 〈판잣집〉이다. 중심가에서는 훌쩍 밀려났지만, 익숙한 나무 테이블과 찌그러진 주전자, 시큼한 막걸리와 전 부치는 냄새는 언덕을 올라가는 수고스러움을 기꺼이 감수하게 한다. 그러니까 그곳은 80년대 스타일의 주점이고, 우리에겐 가장 편안한 장소인 것이다.

그렇다고 그곳을 자주 찾는 것은 아니다. 졸업한 지 20년을 훌쩍 넘기고 다른 길을 걷고 있는 선배들이 의기투합하여 뭉치는 것은 기껏해야 일 년에 한두 번 정도. 유난히 사이가 좋았던 80학번이 중심이 되고, 그들과 연락이 닿는 선후배들이 얼굴을 내민다. 그렇게 만나 막걸리를 나눠 마시고, 아득한 세월의 저편에 있는, 그러나 여태 선명한 기억들을 들추어내고, 마지막에는 흥이 나서 그때 불렀던 노래들을 돌아가며 부르기도 한다. 〈판잣집〉은 노래를 불러도 쫓아내지 않는 거의 유일한 술집이기도 하다.

술집에서 노래를 부르면 쫓아낸다는 이야기를 상상할 수 없었던 시절도 있었다. 그때 노래는 술과 결코 떨어뜨려놓을 수 없는, 최고의 안주였다. 아무리 노래를 못하는 사람도 '나의 18번'을 갖고 있었다. 입학해서 졸업할 때까지 같은 노래만 부르는 사람도 있었고, 부를 때마다 새로운 음정과 박자와 가사를 선보이는 사람도 있었지만, 레퍼토리나 완성도의 문제 같은 건 아무도 따지지 않았다. 누군가의 '18번'은 그 누군가의 이름 대신 불리기도 할 만큼 그 사람을 구성하는 중요한 요소 중 하나였다. 머나먼 과거 속에 묻힌 기억을 끌어내며, 우리는 이런 대화를 나누기도 한다.

"누구더라, 왜 〈산장의 여인〉 잘 부르던 애 있었잖아."

"아, ㅇㅇ이?"

레퍼토리의 종류는 동아리에 모인 사람들의 개성만큼이나 다양했다. 음정과 박자를 다 무시하면서도 더 이상 감동적일 수 없는, 그래서 노래를 시작할 때는 다들 킥킥대다가 끝날 때쯤엔 숙연해질 수밖에 없는 이성겸 선배의 〈선구자〉가 있었다. 자리가 무르익을 즈음에 청하게 되는 〈춘향전〉의 〈옥중가〉는 김주일 선배가 명창에게 사사했다는 곡이다. 국문과 김성윤 선배는 '무서운 이야기 해줄까'로 시작하는 〈호랑이와 빨간 수수깡〉을, 졸업 무렵 훌쩍 이민을 떠나 더 이상 소식을 알 수 없게 된 동기 은경이는 불문과답게 〈장밋빛 인생〉을 멋지게 불렀다. 스물아홉의 나이로 세상을 떠난 기형도 선배의 '18번'은 무척 다양했는데, 그중에서도 〈로미오와 줄리엣〉의 테마곡인 〈What is a youth〉는 언제나 좌중을 휘어잡았다. 권진희, 성석제, 기형도, 세 선배가 화음을 맞추는 〈두 사람의 척탄병〉은 세 사람이 한자리에 모일 경우에만 들을 수 있는 귀한 레퍼토리였다.

그 시절의 우리는 모이면 술을 마시고 술을 마시면 노래를 불렀다. 노래로 젊음을 찬미하는 동시에 멸시했으며 노래로 사랑을 구하는 동시에 내쳤으며 노래로 열기를 표출하는 동시에 다스렸다. 노래가 없었다면 아주 많은 것이 달라졌을 것이다. 그것이 좋은 쪽인지 나쁜 쪽인지는 모르겠지만, 분명한 것은 그때 노래가 있었다는 것이다. 그렇게 노래에 살고 노래로 사랑하던 우리들이 졸업을 한 후, 학교 앞 술집 벽에 '노래금지'라는 낯선 경고문이 붙기 시작했다. 이른바 '노래방'이라는 게 하나둘씩 생겨나면서, '노래를 부르려면 노래방으로 갈 것, 술집에서는 술만 마실 것'이라는 이상한 규칙이 더불어 생긴 것이다. 그래서 사람들은 술을 마시다가 노래를 부르고 싶으면 노래방으로 자리를 옮겨 똑같은 가사와 똑같은 음정과 똑같은 박자로 노래를 불렀다. 그러다가 춤을 추고 싶으면 이번에는 클럽으로 가서 유행하는 음악에 맞춰 똑같은 동작으로 몸을 움직였다. 술집이나 카페에서 춤을 추는 것은 법으로 금지되어 있었기 때문이다. 그토록 바보 같은 법은 몇 년 후 폐지되었지만, 노래방 기기가 가사를 보여주고 박자를 맞춰주지 않으면 노래를 부르지 못하는 바보들, 클럽에 안 가면 춤을 못 추는 바보들, 모처럼 야외로 나들이를 갈 때도 꾸역꾸역 노래방 기기를 끌고 가서 고성방가를 해대며 조용한 마을에 민폐를 끼치는 바보들을 대량 생산했다.

다시 몇 년 후, 노래방이 제 옷처럼 익숙한 세대의 어린 친구들과 바닷가로 여행을 가서 오순도순 둘러앉아 술을 마시다가, "노래 하나 불러봐" 하고 청한 적이 있다. 조잘조잘 떠들어대던 아이들은 죄다 꿀 먹은 벙어리가 되어 입을 다물어버렸다. 가사도 모르겠고 음정도 생각이 안 난다는 것이었다. 한편 슬프면서 한편 화가 났다. 그들에게 화를 낼 일은 아니었다. '일과 놀이, 공부와 놀이'는 다른 것이라고 가르쳤던 우리 사회에게 화를 낼 일이었다. 하지만 그 '사회'란 게 내 눈앞에 없었기 때문에, 나는 괜히 애꿎은 아이들에게 투덜거렸다. 도대체 무엇 때문에 그렇게 열심히 공부하고 일을 한 거니? 재미있게 놀지도 못하면서.

술과 노래를 곁들여도 구박하지 않는 유일한 술집 〈판잣집〉에서, '술집에서는 술만 마셔야 한다'고 생각하는 아이들을 만난 것은, 그러므로 기대하진 않았으나 예상은 할 수 있었던 일이다. 그곳은 신촌이고 대학가이므로 술집에 학생들이 있는 게 당연하다. 그래도 세련된 카페나 우아한 술집 대신 찌그러져가는 주전자에 막걸리 부어 마시는 곳을 택한 학생들은 뭔가 다르지 않을까 하고 방심했다. 한 차례 술잔이 돌아가고 드디어 노래 한 자락이 슬슬 흘러나오는 찰나, 옆 테이블에서 똘망똘망하게 생긴 한 여학생이 벌떡 일어서더니 한 치의 주저함도 없이 우리 테이블로 다가왔다.

"좀 시끄럽거든요? 우리끼리 얘기할 게 있거든요? 조용히 해주시겠어요?"

내일모레 오십을 앞둔 선배들의 얼굴이 붉어진 것은, 술 탓만이 아니었으리라. 다행히 우리 선배들은 더 이상 청춘이 아니어서, 학교 다닐 때처럼 당장 팔을 걷어붙이며 자리를 박차고 일어나 "너 몇 학번이냐?" 하고 호통을 치진 않았다. 그 대신 조용히 술잔을 들었다.

학교에서는 공부만 해야 하고 회사에서는 일만 죽어라 해야 하며, 예술가로 인정받지 못한 사람들은 예술을 하겠다는 꿈도

꾸면 안 된다는 무서운 사고방식. 수학자들이 심심풀이로 과학 도서를 뒤적이거나 미대를 졸업하지 않은 사람이 화방 근처를 얼씬거리면 비웃음을 사는 무서운 고정관념. 그래서 대부분의 사람들은 정해진 공간에서 정해진 일을 하고 정해진 휴식을 취하고 정해진 오락을 즐긴다. 그 결과, 모든 것은 지극히 정상적으로 돌아가며 별다른 문제도 발생하지 않는다. 하지만 무언가 잘못되어 있다.

현재 이 지구상에서 살아가는 인간을 인류학에서는 '호모 사피엔스(Homo Sapiens)', 즉 '생각하는 인간'이라고 부른다. 이 외에도 우리는 '호모 로쿠엔스(Homo Loquens): 언어적 인간', '호모 그라마티쿠스(Homo Grammaticus): 문법적 인간', '호모 폴리티쿠스(Homo Politicus): 정치적 인간', '호모 파베르(Homo Faber): 도구적 인간' 등의 명칭을 가지고 있다. 이 모든 것의 가장 마지막에 있는 것이 바로 '호모 루덴스(Homo Ludens): 유희적 인간', 즉 놀이하는 인간이라고 나는 생각한다.

『호모 루덴스』라는 제목의 책을 쓴 사람은 20세기 초 유럽에서 학술활동을 했던 호이징하이다. "인간은 놀이를 통해 그들의 인간관, 세계관을 표현한다. 인간의 모든 문화 속에는 놀이적인 요소가 있고 놀이 정신이 없을 때 문명은 존재할 수 없다"라는 그의 이야기에 반기를 들 사람이 분명 있을 것이다. 놀이는 놀이일 뿐, 그것을 문화 혹은 문명과 연관 지어 생각해본 적이 한 번도 없는 사람들에게는 또한 충격적인 사실일 것이다. 게다가 놀이를 통해 인간관, 세계관을 표현한다니.

'놀이'는 모든 상상력이 모여들고, 뿌리를 내리고, 자라고, 춤을 추고, 꽃을 피우는 들판이다. 하지만 우리 사회는 열심히 일하는 것을 미덕으로 생각하며 놀이는 그 반대편에 위치하고 있다고 가르친다. 그런 사회에서 우리가 만들어낸 문화와 문명은 창조자와 수용자를 격리시키고 상상력을 제한하며 감정과 개성을 억압한다. 우리는 놀지도 못하는 바보가 되어간다.

그날, 거나하게 취한 선배들은 결국 노래방으로 몰려갔다. 노래방 기기는 아예 켜지 않았다. 그 대신 장단과 추임새를 반주 삼아 돌아가며 자신의 '18번'을 불렀다. 반질거리는 테이블 위에는 막걸리 대신 맥주가, 깍두기 대신 마른안주와 과일이 놓여 있었다. 이상하게도 허기가 밀려왔다.

"선배, 나 배고파."

"뭐? 아까 좀 많이 먹지."

"많이 먹었어. 그런데, 고갈비 먹고 싶어졌어."

선배들이 왁자지껄 웃음을 터뜨렸다. 고등어에 갖은양념을 해서 구워낸 고갈비는, 그 시절 우리에게 가장 귀한 만찬이었다. 아껴 먹느라 노래 한 곡 끝나면 젓가락 한 번씩 갖다 댔지만 그것만으로도 배가 불렀는데. 반짝반짝 윤기를 내며 우리 노래를 다 듣고 있었던 고등어였는데.

"다음엔 그거 먹으러 가자."

어둠이 빽빽하게 내려앉은 거리, 어깨를 움츠리고 집으로 돌아가는 선배들의 뒷모습이 오래오래 눈에 밟혔다. ♠

온몸의 힘을 빼고 해피엔딩

열심히 하라고, 최선을 다하라고, 힘을 내라고,
그런 이야기들이 지겨워질 때가 있다.
그렇게 되려고 그렇게 되고, 되지 않으려고 되지 않는 일들도
세상에는 있다. 나의 노력 같은 것과는 무관하게.
그럴 때는 차라리 온몸의 힘을 빼는 연습을 하는 게 낫다.

* “처음에는, 인간이란 과연 물에 뜰 수 있도록 생겨먹은 건지 의심스러웠어.”

“수영을 처음 배울 때 말이지?”

“응. 체육교육학과를 졸업한, 지금 수영 강사를 하고 있는 내 친구에게 심각하게 물어본 적도 있다니까.”

“하하. 그 친구가 도움이 되는 충고라도 해줬어?”

“딱 두 마디 하던데. 첫째, 온몸에 힘을 뺄 것. 둘째, 물을 믿을 것. 그 간단한 충고를 실행하는 데 두 달이 걸렸지.”

“아마 수영을 처음 배우는 사람들이라면, 누구나 한 번씩 하게 되는 고민일걸.”

“맞아. 가장 간단하지만, 가장 넘어가기 힘든 벽인 것 같아. 그런데 막상 그 고비를 넘기고 나니까, 그렇게 간단한 것을 왜 진작 하지 못했을까, 싶더라고. 몸에 힘을 잔뜩 주고 버둥거리는 사람을 보면 답답하고.”

“그야말로 개구리 올챙이 적 시절을 기억 못하는 거지.”

“어쨌든 자유형, 배영, 평영, 접영까지 여섯 달 만에 끝내고, 그다음에 운전을 배웠잖아.”

“그래. 아마 두 번인가 떨어졌지?”

“필기는 한 번에 붙었는데, 코스에서 한 번, 주행에서 한 번 떨어졌지. 그런데 면허를 따고 나서도 운전하기가 영 무서운 거야. 그냥 몰고 다니다가 접촉사고라도 나면 안 되겠다 싶어서 연수를 받았거든."

"뭘 가르쳐주는데?"

"일주일 정도, 매일 두 시간씩, 나에게 운전을 하게 하고 조수석에서 이런저런 걸 가르쳐줘. 고속도로에도 나가보고, 골목길도 다녀보고, 주차연습도 시키고, 밤이나 비 오는 날에도 적응할 수 있도록 돌봐주는 거야. 그런데 운전연수를 받으면서, 또 똑같은 소리를 들었어."

"어떤?"

"몸에 힘을 빼라는 것. 처음 운전대를 잡으면 자신도 모르게 온몸에 힘이 잔뜩 들어가게 되거든."

"알아. 하루 이틀 운전하고 몸살 나는 사람들도 있잖아."

"그래. 팔이나 다리나 있는 대로 힘을 주니까, 나중에는 어깨도 결리고 팔다리도 아프고, 몸살이 날 만도 하지."

"그러고 보니 수영과 운전은 비슷한 면이 있네."

"응. 일주일쯤 지나니까, 그럭저럭 힘이 빠져나가면서, 운전하기가 훨씬 편해졌어. 물론 그 후에도 몇 달은 운전대를 잡을 때마다 긴장이 되긴 했지만, 점점 나아지더라고. 그런데 생각해보니까, 아주 어릴 때도 그런 말을 들은 것 같아."

"온몸에 힘을 빼라는 말?"

"그래. 피아노를 처음 배울 때였던 것 같아. 손가락에 잔뜩 힘을 주고 있으면, 제대로 움직여질 리가 없잖아."

"몸에 힘을 주고 잘 되는 일은 의외로 없나봐."

"온몸에 힘이 들어간다는 건, 뭔가 불안하기 때문이야. 나를 믿지 못하고, 세상을 믿지 못하기 때문이지. 그래서 불필요한 힘이 들어가는 거야. 온몸에 가시를 세우게 되고, 그러다 제풀에 지쳐서 진이 빠지는 거지. 목표를 이루기 위해 '악으로 깡으로' 노력해야 한다고들 하지만, 인생은 스무 살에 끝나는 마라톤이 아니었어."

"서른 살에도 마흔 살에도 달려야 하는 게 인생이니까."

"그런데 아직도 어딘가에 불필요한 힘을 잔뜩 주고 있는 것 같을 때가 있어. 그럴 때 난 요리를 해."

"요리를 하는 게 무슨 도움이 되는데?"

"우선 요리에 집중하게 되니까 잡생각이 없어져. 쓸데없는 걱정이라거나 이랬어야 하는데, 저랬어야 하는데, 같은 후회라거나. 딴 생각을 하다가는 금방 손을 다치거나 분량을 잘못 재거나 다른 양념을 넣어버리거든. 게다가 요리의 과정은 무척 아름다워. 처음부터 끝까지 저절로 흘러가는 것 같아. 물이 높은 곳에서 낮은 곳으로 흐르는 것처럼 말이야. 부드럽게 흐르지만 잠시도 쉴 수는 없지. 끊임없이 움직이다보면 머릿속에 가득 차 있던 것들이 서서히 빠져나가는 거야. 몸에 힘을 주게 하는 건 대체로 뇌가 그렇게 시키는 거잖아."

"그럴듯하네. 일종의 훈련인가? 몸에 힘을 빼는."

"한 접시의 요리가 완성되고 나면, 모든 것이 훨씬 편안해져. 불필요한 에너지가 사라지고, 진짜 에너지가 조금씩 차오르기 시작해. 더 멀리 갈 수 있고, 더 많은 걸 볼 수 있을 것 같거든. 또 한편으로는, 굳이 멀리 가지 않으면 어때, 많은 걸 볼 수 없으면 어때, 하는 즐거운 자포자기의 기분도 있어. 단순하게 빠르게 뭔가를 만들고, 무척이나 정직한 결과를 얻는 것, 세상에 그런 일이 그리 많진 않잖아? 설탕을 넣으면 달고 소금을 넣으면 짜지는 거야. 게다가 그 둘을 함께 사용하면 예기치 않았던 신기한 맛을 얻기도 해. 그렇게 분명하면서도 신선한 인과관계는, 복잡한 세상을 살아가는 데 위안이 되어주거든. 일일이 힘을 주는 게 바보 같은 일이라는 걸 금세 깨닫게 되는 거야."

"불친절한 세상이 나름대로 생각해서 주는 선물 같은 건가."

"게다가 요리의 마지막은 늘 해피엔딩이잖아. 즐거운 수고로 마음이 따뜻해지고 행복해지는 것. 그리고 난 해피엔딩이 정말 좋거든."

"그래, 그거면 된 거지."

"응, 그거면 된 거야."

인터뷰라는 이름의 요리

이십여 년의 기자생활 동안 많은 사람들을 인터뷰했다.
다른 일들은 조금씩 익숙해지고 편안해지는데,
인터뷰만은 할수록 어려워진다.
사람이 사람을 만나는 일이니 어려운 것이 당연하다.
그리고 대부분의 일들이 그러하듯,
그 일이 얼마나 어려운지 아는 순간부터
제대로 된 답을 조금씩 찾게 된다.

* 내가 서 있는 것은 언제나 시간의 한 점, 하나의 순간이다. 그 점들이 모여 선을 이루고, 선들이 모여서 하나의 단면을 형성한다. 그렇다면 우리가 누군가를 만나서 공유하는 것은 하나의 점, 하나의 선, 그것들이 모여 만들어내는 삶의 한 단면이며, 타인과 함께하는 시간은 단면과 단면이 만나 이루어내는 또 다른 단면이 될 것이다.

그렇다고 해서 단면과 단면이 일대일의 비율로 결합하는 것은 아니다. 두 사람의 관계, 목적, 위치에 따라 한쪽의 비중이 커지기도 하고 작아지기도 한다. 특히 한쪽이 다른 쪽을 알고자 하는 목적에 의해 만들어진 자리, 그러니까 인터뷰이와 인터뷰어가 만나는 자리일 경우에는 문제가 조금 복잡해진다.

인터뷰어인 나는 인터뷰이인 그의 단면을 통해 그의 삶을 가늠해야 한다. 하지만 한 개인의 삶이란 그 사람의 삶 속에서 잘라낸 하나의 단면을 통해 밝혀질 만큼 만만한 것이 아니다. 그 단면에는 다른 쪽에서 잘라낸 단면과 유사한 점도 있고 다른 점도 있을 것이다. 그러나 우리가 특별한 통찰력을 발휘하지 않는 이상, 다른 단면들과 비교해보기 전에는, 무엇이 그의 본질을 형성하고 있는가에 대한 답은 쉽게 얻을 수 없다. 그러니까 인터뷰 칼럼을 처음 진행하기 시작했을 때 나의 딜레마는, '인터뷰는 그의 본질 가까이 접근해야 하는 것이다'라는 고

정관념과 그것이 현실적으로 불가능하다는 판단으로부터 비롯된 것이었다.

세상의 모든 일이 그러하듯, 딜레마에 부딪혔을 때 우리는 전혀 다른 방향에서 탈출구를 찾게 된다. 현실을 인정하고, 욕심을 버리고, 다른 관점에서 문제를 생각하면 답 비슷한 것을 찾을 수 있다. 내가 볼 수 있는 것이 어쩔 수 없이 삶의 한 단면에 불과하다면, 그 단면에 충실하자고 나는 마음을 먹었다. 그리하여 인터뷰에 관한 철학까지는 아니더라도, 내가 이상적으로 생각하는 인터뷰의 이미지를 하나 만들 수 있게 되었다. 인터뷰를 준비하고, 인터뷰이를 만나고, 기사를 쓰면서, 나는 한 접시의 요리를 완성해나가는 과정을 상상한다.

그렇다고 내가 누군가를 '요리하는' 것은 아니다. 요리를 하는 사람은 '인터뷰이'다. 나, 즉 '인터뷰어'는 말하자면 그의 보조요리사인 셈이다. '나는 좋은 인터뷰어인가?'라는 질문은 다시 말해 '나는 제대로 된 보조요리사인가?'라는 질문과 동일하다. 제대로 된 보조요리사는 우선 제대로 된 환경, 즉 요리사가 가장 편안하게 요리할 수 있는 환경을 제공하여, 그로 하여금 즐겁고 창의적으로 요리에 몰두할 수 있게 해야 한다. 인터뷰 날짜와 시간과 장소는 이런 점들을 고려해서 정하는 것이 좋다. 예를 들어 좋아하는 음식과 싫어하는 음식은 무엇인가(식사를 같이 하게 될 경우 식당을 고를 때 참고한다), 애주가인가 아닌가(애주가라면 어떤 술을 선호하는지도 알아둔다), 흡연자인가 아닌가(흡연자를 금연석에 앉혀두면 인터뷰 내내 안절부절못할 것이다), 몇 시에 잠자리에 들고 몇 시에 일어나는가(밤에 주로 활동하는 사람이라면 늦은 시간에 만난다), 인터뷰 후에 어디로 이동할 것인가(인터뷰 장소에서 가까운 곳이라면 심리적으로 조금 더 편안해한다), 이후에 스케줄이 있다면 어떤 것인가(중요한 스케줄이 있으면 불안해한다. 제일 좋은 것은 인터뷰가 마지막 스케줄인 경우다), 기타 등등, 기타 등등.

제대로 된 보조요리사는 또한 제대로 된 재료들을 준비해야 한다. 인터뷰에서 요리의 재료란 상대방에 대한 충분한 기초조사를 의미한다. 요리사가 아무리 요리를 하고 싶어도, 재료가 없으면 할 수 없다. 기초조사를 토대로 하여 요리사가 선호할 만한 재료들을 준비하는 것이 기본이라면, 상상력을 발휘하여 그가 좋아할 만한 것들을 몇 가지 섞어두는 것은 추천할 만한 옵션이다. 당연한 말이지만, 재료는 모자라는 것보다 조금 넘치는 쪽이 좋다. 대부분의 요리사들은 인터뷰가 시작되기 전까지, 자신이 만들고 싶은 요리가 무엇인지 생각하지 않는다. 그저 지금까지 만들어온 요리 중 하나를 골라 보기 좋게 만들어내면 그것으로 족하다고 여긴다. 그러나 보조요리사가 준비해

온 재료들이 그의 흥미를 끌어당길 수 있다면, 그는 한 번도 만들어보지 않았던 의미 있는 요리를 하고 싶어할 것이다. 요리사가 요리를 하는 동안 적당한 소스를 찾아주거나 새로운 시도를 해보라고 부추기거나 귀를 기울이며 추임새를 넣는 것은 그의 흥을 돋워줄 수 있는 갖가지 양념이다. 아무거나 손에 잡히는 대로 내미는 것이 아니라, 완전히 그의 편이 되어 그의 입장에서 생각해야 신뢰를 얻을 수 있다.

그가 요리를 하는 동안, 보조요리사는 그에게서 눈을 떼면 안 된다. 적절한 때에 적절한 기구와 재료를 공급하고, 그가 원하는 여타의 것들을 눈치 빠르게 제공하되, 지나치게 나선다는 느낌을 주는 것은 금물이다. 대체로 칭찬과 애정은 상대방의 경계를 풀게 하지만, 때로 진중한 평가를 곁들인다면 그의 상상력을 자극할 수 있다. 자신이 보조요리사라는 사실을 끊임없이 자각하면서, 그 사실을 필요 이상으로 강조하거나 평가절하하지 않는 것이 현명하다.

인터뷰이가 완성한 요리를 알맞은 그릇에 담는 것도 중요하다. 국그릇에 밥을 담거나 수프를 납작한 접시에 담거나 한입 크기의 디저트를 거대한 볼에 담는다면 요리가 아무리 근사해도 빛을 잃는다. 애초에 예상했던 것과 다른 요리가 나온다면, 과감하게 지면을 늘이거나 줄이는 것이 좋다. 메인요리 옆에 곁들이는 몇 개의 가니시는 보조요리사의 몫이다. 독자들의 이해를 돕기 위한 프로필이라거나 인터뷰이의 작업물 등이 그것이다. 이것으로 인터뷰어의 역할은 끝난다. 요리의 맛에 대한 평가는 그것을 맛보는 사람들의 몫이다. 그들은 인터뷰이와 인터뷰어가 만나 함께 형성한 시간의 한 단면, 그러니까 완성된 요리를 통해 인터뷰어의 과거와 현재와 미래를 읽어낸다. 그 안에 고인 다양한 감정들, 슬픔과 기쁨과 성취와 좌절과 꿈과 외로움을 느낀다. 그러므로 좋은 인터뷰는 한 인간의 삶이라는 거대한 삼차원에 가장 흡사한 단면을 보여주는 것이다.

인터뷰가 끝난 후, 요리사로부터 '그런 요리를 만들 수 있게 해주어서 고맙다'라는 인사를 받는 기쁨은, 어느 한 사람의 본질에 한 발자국 가까이 다가갔다고 느끼는 순간의 기쁨과 조금도 다름이 없다. ♦

Part3
Beyond the Recipe

나는 너의 밥이다

밥을 먹는 일보다 더 중요한 일,
생각해보면 그리 많지 않다.
당신과 내가 밥 한 그릇을 나눠 먹는 일보다 더 아름다운 일,
생각해보면 더욱 많지 않다.

✻ 그날의 날씨를 기억할 수 있었으면 한다. 공기의 온도가 어땠는지, 대기 중에 습기가 얼마나 차 있었는지, 뺨에 닿던 바람이 찼는지 뜨거웠는지, 그런 것들. 나는 계절이라거나 중력, 지구에서도 떨려 나간 기분이었으므로 모든 것에 가위표를 치고 아무것도 보지 않으려 했다. 한 사람과 헤어지긴 했지만 오래전부터 준비하고 있던 이별이었으니 새삼 서러울 것도 아플 것도 없었다. 다만 이 광활하고 단조롭고 낡은 세상에서 생명을 유지하고 있다는 사실이 몹시도 난감하고 억울하다는 기분이었다.

머리 풀고 통곡할 만한 이유도 없이 질질 짜고 있는 나를 보고 당신은 무척 당황했다. 무슨 사정이 있는 건지 물어야 할까, 당신은 망설였다. 당신이 어떻게 달래든 나는 입을 열지 않을 작정이었다. 이미 겪은 일, 아름답지도 자랑스럽지도 않은 과거를 다시 꺼내고 싶지 않았기 때문이었다. 나의 눈, 나의 목소리, 어쩌면 나의 손 같은 데서 당신은 내 마음을 읽었을지도 모른다. 게다가 언제까지나 거리에 서서 그러고 있을 수도 없었을 것이다. 당신은 나를 데리고 뚜벅뚜벅 걷다가 밥집을 찾아냈다.

'밥이라니.'

난감하고 억울한 와중에 기가 막혔다. 내가 기가 막히거나 말거나, 당신은 국밥 두 그릇을 주문했다. 김이 모락모락 나는 국 속에 하얀 밥알이 보였다. 하루 종일 먹은 게 없다는 사실이 그때 생각났다.

"밥 먹자."

당신은 숟가락을 내 손에 쥐어주고, 김치 접시를 내 앞으로 밀어주고, 가만히 밥을 떠먹었다. 하얀 밥알들이 숟가락 안에 담겨 당신의 입안으로 들어갔다. 이상하게도, 그 밥이 예뻐 보였다. 아른아른한 국과 아롱아롱한 밥, 그 옆에서 자기 차례를 조용히 기다리고 있는 한 접시의 김치. 놀랍게도, 이럴 때 밥을 먹는다는 건 황당하고 구차한 일이라는 생각이 사라졌다. 놀랍게도, 이 순간 밥을 먹는 것보다 더 중요한 일은 없다는 기분이 들었다.

"국물하고 같이 떠먹어라. 목 메지 않게. 천천히."

그것이 국밥이었던 이유를 그제야 알았다. 나는 숟가락을 들고 천천히 밥을 떠서, 오래오래 씹어 삼켰다. 눈물 때문이었는지, 국밥은 조금 짰다. 그렇게 그릇을 반쯤 비우고 나자, 아주 먼 여행에서 돌아온 기분이 되었다. 중력이라거나 지구도 다시 실감이 났다. 우리는 자리를 옮겼고, 나는 당신에게 모든 것을 털어놓았다.

"힘들겠구나."

당신은 그렇게만 말했지만, 나는 이미 모든 위로를 받았다.

당신은 내 편이란 확신이 뱃속 깊은 곳까지 차 있었다. 그렇지 않았다면, 뻔한 삼류드라마 같은 이야기를 늘어놓지도 않았을 것이다. 헤어지기 전, 당신이 말했다.

"혼자 밥 먹기 싫으면 전화해라. 내가 네 밥이다."

시작은 나빴지만 마지막은 좋았던 날이어서, 가끔 그날의 날씨가 기억나지 않는 것이 아쉽다. 그래도 조금 짰던 그 국밥의 맛은 기억한다. 당신이 한 말도, 음절과 음절 사이의 간극과 어조까지, 또렷이 떠오른다. 그 말이 마음의 바닥에 새겨졌다. 나도 누군가에게 그런 사람이 될 수 있다면. 꺼내놓기도 힘든 괴로운 일로 인해 마음을 다친 이의 손을 잡고 밥집으로 가는 사람. 눈물을 지켜주고 고통을 가져가는 사람. 세계의 끝에서 유일하게 편을 들어줄 수 있는 사람. 당신이 그런 사람을 애타게 찾고 있을 때, 당신에게 달려가 당신의 손을 잡고, 말하고 싶다.

내가 너의 밥이야, 라고. ♠

오후 네 시의 아메리카노

이별 직후에는 아무것도 먹지 말고, 아무것도 하지 말고,
아무 데도 가지 않는 게 좋다고 생각한 적이 있었다.
기억의 코드를 만들지 말아야 한다고 믿었던 적이.
그러나 오랜 세월이 흐른 후, 아무 맛도 없는 이별이 슬퍼졌다.
차라리 아픈 맛이 그리워졌다.

✽ "〈피아노〉 볼까?"

"싫어."

"〈중독된 사랑〉은?"

"싫어."

"뭐가 싫어?"

"제목이 뭐 그래?"

"제목이 어때서?"

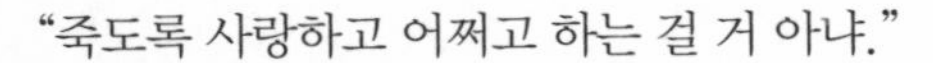

"죽도록 사랑하고 어쩌고 하는 걸 거 아냐."

"죽도록 사랑하는 거 아냐."

"죽도록 사랑하는 것도 아닌 영화를 왜 봐."

"죽도록 사랑하는 게 뭐 대단해? 그러는 넌 죽도록 사랑해?"

"해! 난 죽도록 사랑해! X팔."

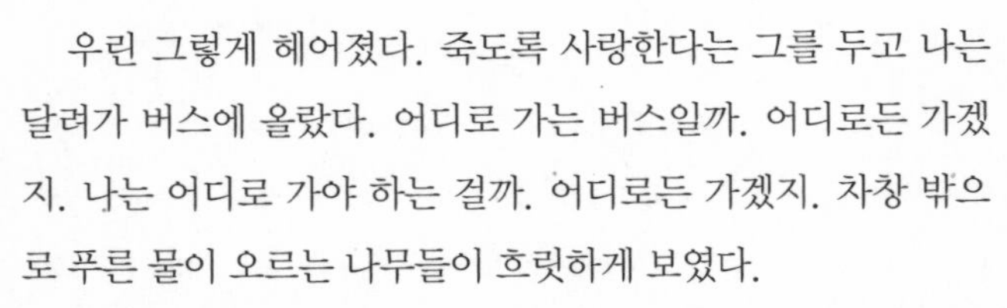

우린 그렇게 헤어졌다. 죽도록 사랑한다는 그를 두고 나는 달려가 버스에 올랐다. 어디로 가는 버스일까. 어디로든 가겠지. 나는 어디로 가야 하는 걸까. 어디로든 가겠지. 차창 밖으로 푸른 물이 오르는 나무들이 흐릿하게 보였다.

종로 어디쯤에서 버스가 멈춰 섰고, 사람들에게 떠밀려 그곳에서 내렸다. 슬픔은 지속적인 것이 아니었다. 그것은 파도처럼 밀려왔다 밀려갔다. 바쁜 걸음으로 사람들이 나를 밀치고 지나갔다. 우린 그날 영화를 한 편 보고, 서점에 들러 새로 나온 책들을 구경한 다음, 작은 카페에 가서 맥주를 한잔 마실 계획이었다. 토요일이었고, 봄이었다. 겨울의 무거운 외투를 처음 벗어버린 날이었다. 시간은 아직 오후 세 시. 내 앞에는 감당할 수 없이 많은 시간들이 놓여 있었다.

전화를 걸 만한 사람을 찾기 위해 수첩을 꺼냈다. 그와의 약속들이 빼곡히 적혀 있었다. 수첩을 찢어 휴지통에 버렸다. 언제까지나 길거리에 우두커니 서 있다고 해서, 해결될 일은 없다, 하고 나는 생각했다. 하지만 집으로 돌아가기도 싫었다. 전화기를 바라보며 넋 놓고 앉아 있을 내 모습이 끔찍했다.

헤어짐은 언제라도 찾아올 수 있었다. 사실 서로 하고 싶은 이야기는 그런 게 아니었을 것이다. 어디에도 전부를 걸고 싶지 않았던 나와, 무언가에 전부를 걸고 싶었던 그. 단지 그뿐이었다. 무엇인가를 얻으려 하면 무엇인가를 잃게 된다. 나는 언제나 그것이 두려웠다. 그는 악마에게 영혼을 팔아서라도, 무언가를 얻으려 했다. 나는 언제나 그것이 불안했다. 결국, 우리 둘 다 무언가를 잃어버렸다. 아니, 나는 내가 감당할 수 없을 정도의 텅 빈 시간을 산더미처럼 얻었다. 끝을 알 수 없는 무한의 우주에 내팽개쳐진 아이처럼, 두 팔과 다리가 저려왔다. 쇼윈도에 봄옷을 입은 내가 어른거렸다. 나는 나를 향해 미소를 지어 보였다. 상관없잖아. 죽도록 사랑한 것도 아닌데.

어디선가 지난겨울의 바람이 불어왔다. 주머니에 손을 집어 넣는데 무언가 딱딱한 것이 잡혔다. 지난봄에 그가 선물한 펜던트였다. 수첩을 잡아먹은 휴지통에 그 펜던트를 집어던지고 돌아서면서, 울지 않는 나를 발견했다. 미처 깨닫지도 못하는 사이에 내 손가락을 베어버린 칼처럼, 급히 준비된 이별. 그리고 그 모든 것보다 잔인한 것은 나. 시계는 아직도 오후 네 시를 가리키고 있었다.

나는 아무런 특징도 없는 카페 하나를 골라, 아무런 특징도 없는 커피 한 잔을 시켰다. 시럽도 우유도 거품도 없어야 하는 거라고, 기억할 만한 단서는 모두 지워버려야 한다고, 겁 많은 내 마음이 그렇게 부추겼다. 다행히 그곳의 커피는 맛도 온도도 향기도 색깔도 평범했다. 이 세상에 그렇게 평범한 것들이 존재한다는 사실을 확인하고, 나는 한숨을 쉬었다.

죽도록 사랑할 일이 뭐가 있어.

나는 천천히 식어가는 아메리카노를 향해 중얼거렸다. 어쩌면 그랬어야 했을지도 모른다고, 속으로만 몰래 생각하면서. ♠

머핀과 스파게티의 법칙

안심하세요. 변하는 것은 아무것도 없으니까.
저절로 뜨거워진 것들은 저절로 식게 마련이에요.
겁먹지 마세요. 그대가 무너지는 일은 없으니까.
열정도 한숨도 숨 막히는 그리움도
곧 우리를 무시하고 떠날 거예요.
이 사랑이 영원히 식지 않으면 어떡하느냐고 묻지도 마세요.
우리가 영영 이별하지 못하면 어떡하느냐고 울지도 마세요.

* 수학의 ㅅ자만 들어도 몸서리를 치는 당신을 위해 가장 간단한 공식으로 증명을 시작하겠다. 당신이 이미 알고 있는 공식이다.

$$(a+b)(a-b)=a^2-b^2$$

이 공식이 몹시 낯설어 보이고 현기증이 난다면 차가운 물을 한 컵 마시고 잠시 마음을 진정한 후에 다시 한 번 들여다보기 바란다. 이제 기억의 저편에서 아른거리던 희미한 형체가 구체적인 모습으로 다가올 것이다. 그렇다. 이것은 한 변의 길이가 a인 정사각형에서 한 변의 길이가 b인 정사각형을 잘라냈을 때 남은 부분의 면적을 계산하는 공식이다. 또다시 머리가 지끈거린다면 이 이야기를 몽땅 잊어버리길. 커다란 정사각형에서 작은 정사각형을 잘라냈을 때 남은 면적이 얼마인지 따위는 알 필요도 없을뿐더러 본론과 상관도 없으니까.

다시 시작하자. 이 공식에서 a는 당신이고 b는 당신과 사랑에 빠질 운명을 지니고 있는 어떤 사람이다. a인 당신이 b인 그와 연인이 된다면 a+b의 공식이 성립된다. 우리의 삶이 이렇게 단순한 공식으로 정리되는 것이라면 a도 좋고 b도 좋고 a가 키우는 고양이와 b가 키우는 화초도 좋고 그 화초를 향해 날아

드는 나비도 좋을 텐데, 불행히도 현실은 그렇지 않다. a+b가 가져다주는 것들, 이를테면 두근거리는 심장, 저절로 떠오르는 미소, 한밤의 달콤한 통화, 그에게서 받게 되는 선물들은 물론이고 그로 인하여 생성되는 삶의 에너지와 긍정적인 사고방식, 그를 통해 배우게 되는 미덕 등이 a와 b의 만남에서 빚어지는 전부가 아니라는 것이다.

당신인 a가 b라는 연인과 사랑하기 위해서는 몇 가지를 버려야 한다. 그 '몇 가지'에 대한 이야기를 하자면 너무 길어질 것 같아서 과감하게 생략하겠다. 굳이 시시콜콜 거론하지 않아도 이미 다들 알고 있을 테니까. 요점은 그리하여 a–b라는 공식 역시 성립된다는 것이다.

이제 이 두 가지를 곱하여 '사랑' 또는 '연애'의 답을 도출해 보자. 즉 $(a+b)\times(a-b)$를 풀어보는 것이다. 어째서 '곱하기'냐는 질문은 받지 않겠다. 상식적으로도 여기에 더하기나 빼기, 나누기는 어울리지 않는데다 다른 연산을 시행하면 당신의 머리가 폭발할 수도 있지 않겠는가. 어찌되었거나 우리는 여기에서 $(a+b)(a-b)=a^2-b^2$이라는 공식을 이용하여 답을 얻을 수 있다. 풀어 말하면 a인 당신과 b인 당신의 연인이 만나 사랑을 하면 그 결과, a인 당신의 제곱에서 b인 그의 제곱을 뺀 어떤 것이 나온다. a가 b보다 클 경우에는 플러스, b가 a보다 클 경우에는 마이너스가 된다는 것이 포인트이다.

그러니까 관계의 권력을 당신이 가지고 있는 경우, 즉 당신이 '덜 사랑하는 자'일 때는 플러스, 그 반대인 경우, 즉 당신이 '더 사랑하는 자'일 때는 마이너스가 답이라는 소리이다. 결과가 플러스라고 해서 좋아할 것도 없다. 처음부터 당신은 상대를 그다지 사랑하지 않았고, 그래서 자아, 자존심, 삶의 방식 등을 버릴 생각 따위도 없었고, 결국 그 사랑은 식게 된다는 것이니까. 그렇다고 마이너스가 해피엔딩을 보장하지도 않는다. 당신은 더 사랑하기 때문에 끝없이 갈증을 느끼게 되고, 만족하지 못하여 집착하게 되고, 그 결과 지칠 대로 지친 나머지 마음이 떠나게 된다. 이 이야기의 결론은 다음과 같다.

∴(고로) 사랑은 언젠가 식는다.

사랑이 식는 문제에 대한 수학적 고찰을 나는 매우 훌륭하게 해낸 것 같지만, 지금까지의 이야기를 귓등으로 들은 사람이 분명 있을 것이다. 골치 아픈 기호들(그것이 심지어 플러스, 마이너스라 해도)을 보지 않으려고 고개를 외로 꼰 채 눈살을 찌푸리고 있는 이들을 위해, 조금 더 친절한 증명을 다시 한 번 시도하려 한다. 조금 더 솔깃한 것, 이를테면 먹는 것을 예로 들어보면 어떨까.

아주 맛있게 구워진 머핀이 눈앞에 있다고 상상해보자. 이 머핀을 한입 가득 베어 물면 좋겠지만 불행히도 이것은 실험을 위해 준비한 것이므로, 우리의 위대한 가설을 증명하기 위해 눈 딱 감고 벽을 향해 힘껏 던지겠다. 당연히 연약한 머핀은 산산조각이 날 것이다. 이제 눈물을 감추며 바닥에 널브러진 머핀 조각들을 살펴보자. 자기들 멋대로 흩어져 있는 것처럼 보이지만 여기에도 명명백백한 법칙이 있다. 만약 머핀 안에 호두나 말린 과일처럼 밀가루보다 무거운 것이 들어 있다면, 그것을 포함하고 있는 조각은 다른 조각보다 먼 곳에 떨어진다. 질량이 가지고 있는 힘 때문이다. 이것을 '머핀의 법칙'이라고 부른다. 그게 도대체 사랑이나 연애와 무슨 상관이냐고?

당신이 연인과 다투었다고 하자. 그래서 서로를 향해 무자비한 언어의 폭탄을 날렸다고 하자. 그 폭탄의 파편이 서로의 마음 곳곳에 박혔다고 하자. 그러다가 미소와 애교를 동원하여 화해를 했다고 하자. 덕분에 마음이 스르르 풀리면서 파편들이 다 녹았다고 하자. 그러나 보다 무거운 질량을 가진 폭탄의 파편들은 보다 깊은 의식 속으로 숨어버린다. 콤플렉스, 트라우마, 비밀 등의 은밀한 갈피 사이로 잽싸게 들어가 자리를 잡아버리는 것이다. 그것은 눈으로 볼 수도 없고 손으로 만질 수도 없고 당신이 발견할 수도 없으며 심지어 본인조차 모를 수도 있다. 그러나 2차, 3차 폭격이 거듭되다보면 폭탄의 파편들은 점점 세력을 확장하여 마침내 당신들의 관계를 파멸에 이르게 할 것이다. 성인군자들끼리 만나 모든 것을 참고 이해하고 너그러이 용서해가며 연애란 걸 한다면 몰라도, 웬만한 연인들 사이에는 크든 작든 다툼이 있을 수밖에 없다. 이 이야기의 결론도 다음과 같다.

∴(고로) 사랑은 언젠가 식는다.

점점 부정하기 힘들어지고 있는 이 가설을 아직도 삐딱한 시선으로 보고 있는 사람들을 위해, 이번에는 스파게티를 준비했다. 시중에서 판매하는 스파게티 면의 끝을 양손으로 잡고 뚝, 하고 부러뜨려보자. 이것은 절대 두 조각으로 부러지지 않고 최소한 세 조각 이상으로 나누어지는데, 이것을 '스파게티의 법칙'이라고 한다. 어떤 수학자가 평생 스파게티를 부러뜨린 후에 발견한 법칙으로, 나도 직접 실험을 해보았으니 믿어도 좋다(정 못 믿겠으면 당신도 해보라. 단, 온 집 안이 스파게티 면의 조각으로 뒤덮여도 나를 원망하지는 않겠다고 먼저 약속해달라). 갓 만들어진 말랑말랑한 스파게티 면은 시간이 흐르면서 딱딱하게 건조되고, 수분을 잃은 면은 작은 충격으로도 쉽게 부서진다. 두 조각으로 부서지면 원상복귀를 시도해볼 수도 있겠으나 세상은 우리 생각처럼 만만하지 않다. 시간은 스파게티 면뿐 아니라 말랑말랑하고 반짝반짝하던 당신의 사랑도 건조시킨다. 서로의 눈만 바라봐도 촉촉이 젖어들던 마음에서 수분이 빠져나가 무심히 흩어지고 나면, 작은 충격만으로도 산산이 부서지게 되는 것이다. 이미 알고 있겠지만, 이 이야기의 결론 역시 다음과 같다.

∴(고로) 사랑은 언젠가 식는다.

당신에게도 그런 날이 온다면, 그런데 도무지 현실을 받아들일 수 없고 믿을 수도 없다면, 머핀과 스파게티에다 괜한 화풀이를 하며 세상의 이치를 체험해보는 것도 도움이 될 것이다. 하지만 먹는 것 가지고 이런 짓을 하면 벌 받을지도 모르니까, 집어던지거나 부수는 대신 꼭꼭 씹어 삼키는 것으로 텅 빈 마음을 달래는 편이 낫지 않을까요?

또 한 번의 봄을 위한 인생의 쓴맛

나는 서랍을 열고 한 장의 편지지를 꺼내어,
누군가에게 안부를 묻는 편지를 쓰다가 멈춘다.
쓰다 만 편지는 마음 한구석에 남아,
지워지지 않는 낙서가 된다.
그대는 여전히 봄날처럼 아름다운지.
우리가 남겨두고 온 사랑은 아직도 봄날처럼 처연한지.
이럴 때 나는 나를 괴롭히고 싶어진다.
뭔가 쓴 것이 필요하다.

✻ 겨울이 지나면 봄이 온다. 얼음은 녹고 씨앗은 싹을 틔운다. 창가의 나무는 조심스럽게 작은 잎을 세상으로 내보내고, 돌아온 새들은 가지 위에 앉아 노래를 부르기 시작한다. 어디선가 꽃이 핀다. 그대는 행복한가. 봄이 되어 행복한가. 나는 그 달콤함이 두렵다. 서둘러 나를 버리고 떠나버릴 달콤함이 무섭다. 그래서 봄이 막 시작될 때쯤이면, 한눈을 팔 다른 것들을 찾기 시작한다. 이를테면 인생의 쓴맛 같은 것을.

이를테면 한 조각의 다크초콜릿. 처음에는 쓴맛이, 다음에는 달콤한 맛이, 다시 쓴맛이, 다시 단맛이 난다. 마지막에 남는 것은 그때의 기분이나 날씨, 상황과 컨디션에 따라 다르다. 달콤해야 할 초콜릿에서 쓴맛이 나다니, 배신당한 기분이다. 이 기분은 때로 다른 배신감을 잊게 만든다.

이를테면 한 잔의 기네스. 병에 든 것이든 캔에 든 것이든, 기네스는 무조건 유리컵에 따라 마셔야 한다. 이 맥주의 포인트는 검은 색깔과 갈색 거품이다. 이 두 가지를 눈으로 확인하지 않으면, 그 맛은 충분히 쓰지 않다. 술이 너무 차면 거품이 충분히 일지 않으므로 주의해야 한다. 첫 모금은 단번에 깊이 들이마시고, 그다음부터는 천천히 신중하게 거품과 같이 즐긴다. 마치 카푸치노를 마실 때처럼.

이를테면 한 알의 자몽. 껍질을 벗길 때 절대로 칼을 쓰면 안 된다. 아무리 두꺼운 껍질도 열심히 노력하면 손으로 벗길 수 있다. 그래야 자몽의 과즙이 두 손을 충분히 적신다. 자몽을 먹을 때는 과즙으로 흠뻑 젖은 손가락들이 꼭 필요하다. 은은한 쓴맛이 입안을 감돌 때, 손끝에서는 달콤한 향기가 나야 하는 것이다.

이를테면 한 잔의 에스프레소. 커피콩을 갈 때 꼭 해야 할 일이 있다. 이 검고 향긋한 콩으로부터 향기를 추출해 마시겠다고 처음 결심한 그 누군가에게 경의를 표하는 일이다. 가정에서 쉽게 사용할 수 있는 에스프레소 만드는 기계를 사용하면, 약 3분 만에 뜨겁고 진한 에스프레소를 추출해낼 수 있다. 콩을 갈고, 그것을 눌러 담고, 불을 조절하고, 어쩌고저쩌고 하는 시간까지 포함하면 10분 정도이다. 물론 완성된 에스프레소는 3초 만에 마실 수 있다. 가끔 이런 게 좋다. 엄청난 시간과 노력을 투자했는데 그 결과가 주는 기쁨이 순식간에 사라져버릴 때, 제법 위로가 된다.

이를테면 『은하수를 여행하는 히치하이커를 위한 안내서』. 이 훌륭한 책은 절판과 재판을 반복해왔다. 자취를 감추었던 책이 다시 세상에 모습을 드러낼 때마다, 알려진 우주의 모든 생명체들이 모여 축배를 들었다. 더글러스 애덤스가 마흔아홉 살에 지구를 떠나버렸다는 사실은 우리에게 커다란 비극이지만, 지금쯤 그는 우주 어딘가에서 이 책의 수정, 보완판을 만들고 있을 것이다. 인생의 쓴맛이 얼마나 훌륭한 것인지 궁금한 사람은, 이 안내서를 참고하기 바란다.

그리고 마지막으로 손바닥 크기의 딸기 타르트. 허공을 향해 손을 내밀고 바람을 한 움큼 잡아보면, 봄의 바람은 손바닥 위에 싸늘한 온기를 남기고 금세 달아난다. 오래전에 잊었던 사람이 문득 떠오르기도 하고, 오랫동안 머무르던 곳에서 문득 떠나고 싶어지기도 한다. 나는 우유와 박력분과 설탕과 달걀노른자로 커스터드크림을 만든다. 나는 버터와 슈가파우더와 아몬드 가루와 박력분과 달걀과 럼주로 아몬드크림을 만든다. 타르트 판에 아몬드크림을 채워 구워내고 커스터드크림과 딸기를 올려 봄의 한 조각을 만든다. 사랑은 딸기 향기 가득 밴 조그만 타르트 속에 단단히 갇혀 있다. 아무런 우울도 불안도 없는, 즐거운 딸기다. 티끌만큼의 쓴맛도 없는, 달콤한 타르트다. 곧 가버릴 봄, 곧 가버릴 사랑을 잠시 잊고 곧 가버릴 달콤함에 집중한다. 아직 오지 않은, 그러나 곧 닥쳐올 쓴맛을 위해.

애플민트 맛 에스프레소

순간의 세계다. 진실의 세계다.
말로 튀어나오는 것은 모조리 그 순간에만 해당되는 말이며,
눈길에는 제각기 한 가지 의미만이 있을 뿐이고,
감촉에는 저마다 과거도 미래도 없고,
입맞춤은 모두가 순간의 입맞춤이다.

―앨런 라이트맨, 『아인슈타인의 꿈』 중에서

* 또 하나의 사랑이 끝난 후, 나는 생각한다.

'무엇이, 어디서부터, 어떻게 잘못된 거지?'

둥글고 차가운 눈물이 뺨 위로 흘러내리다가 문득, 입술 가까이에서 멈춘다.

'몇 번이나 이런 걸 되풀이해야 하는 걸까?'

눈물을 닦아내려던 손은 머뭇거리며 허공을 향한다. 그러나 잡을 수 있는 건 아무것도 없다.

'이젠 지쳤어. 그냥 이대로 모든 것이 멈추어버렸으면. 혹은 누군가 나를 데려가주었으면. 어딘가 다른 세계로.'

나는 눈을 감는다. 나의 꿈이 아인슈타인의 꿈속으로 편입되기를 바라면서.

원인과 결과가 일정하지 않은 세계.

인과관계가 없는 세계.

예기치 않은 일들이 항상 벌어지는 세계.

설명할 수도 돌이켜 생각할 수도 없는 일들이 우리를 찾아오는 세계.

그 세계로 들어서는 입구, 나는 표지판에 쓰인 글을 곰곰이 읽어본다. 그 세계에 살고 있는 한 명의 과학자와 한 명의 예술가가 조금 떨어진 곳에서 나를 살피고 있다. 잠시 후, 우리는 어느 카페에 앉아 커피를 마신다. 그들이 어떻게 인사를 나누고 어떤 식으로 자신들을 소개했으며 어떤 경로로 함께 커피를 마시러 가게 되었는지에 대해서는, 설명할 수 없다. 말했듯이, 이곳은 인과관계가 없는, 원인과 결과가 일정하지 않은 세계니까 무슨 일이든 일어날 수 있고, 또 일어나지 않을 수 있다.

내가 왜 이 세계에 와 있는 것인지 잠깐 혼란스러워하고 있는 사이, 과학자와 예술가는 카페의 주인이 어떤 커피를 내올지에 관해 심각하게 토론을 하고 있다. 그들은 에스프레소를 주문했고, 무엇이 나올지는 아무도 모르는 거니까.

"그래도 확률은 반반이야. 에스프레소가 나올 가능성이 오십 퍼센트라고. 에스프레소가 나올 확률과 그 이외의 것이 나올 확률은 동일해야 하는 거야. 왜냐하면 우리가 에스프레소를 주문했기 때문이지."

과학자가 말한다.

"글쎄, 확률 같은 건 소용이 없다고 내가 몇 번이나 말했어. 에스프레소가 나오면 에스프레소가 나올 확률은 백 퍼센트인 거야. 모든 확률은 영 퍼센트 아니면 백 퍼센트라니까."

예술가가 말한다.

"저기, 하지만 뭔가 마실 게 나오기는 하는 거겠죠? 난 목이 마른데."

내가 끼어든다. 두 사람은 잠시 눈길을 주고받는다. 입을 연 건 과학자이다.

"정말 납득할 수 없는 일이지만, 가끔 그런 일이 벌어지기도 한답니다, 여기서는. 그런데 당신은 어디서 온 거죠?"

예술가가 말을 받는다.

"이 세계가 아닌 다른 세계에서는 인과관계라는 게 있으니까, 우리는 지금 당신이 어딘가를 떠났기 때문에 이곳에 도착한 거라고 추측하는 겁니다. 당신이 이곳에 오게 된 원인이 그쪽 어딘가에는 존재할 테니까요."

커다란 컵 세 개를 들고, 카페의 주인이 테이블로 걸어온다. 컵 안에는 뜻밖에도(내가 속해 있는 세계에서만 사용되는 단어지만) 초록색 액체가 가득 담겨 있다.

"이게 뭐죠?"

"키위주스. 나무에서 저절로 떨어져서 믹서 안에 담겨 있더군. 키위가 열릴 계절도 아닌데."

주인이 투덜거리며 돌아가고, 목이 마른 나는 뭐든 상관없다고 생각하며 키위주스를 한 모금 마신다. 놀랍게도(역시 이 세계에서는 통용되지 않는 단어지만), 키위주스에서는 커피 맛이 난다.

"그 남자와 헤어진 이유를 알고 싶은 겁니까?"

예술가가 말한다. 나는 놀라서 눈이 동그래진다.

"어떻게 알았느냐고 묻지 말고. 그냥 알아요, 나는. 아무것도 예측할 수 없는 세계에서는 무엇이든 예측할 수 있는 법이니까."

이번에는 한숨이 절로 나온다.

"잘못된 게 있다면, 그게 뭔지 알고 싶어요. 하지만 아무리 생각해봐도 헤어질 이유가 없었는데."

"사랑에 빠질 이유는 있었나요? 애초에?"

예술가의 질문에, 나는 할 말을 잃는다.

없었다, 그런 건.

첫눈에 반한다는 말을 나는 믿지 않았다. 그를 만나기 전까지는 그랬다. 그러나 그 남자를 처음 만난 순간, 나는 그날이 가기 전에 그와 사랑에 빠질 것이라는 것을 예감했다. 내가 사랑에 빠진 것은 어쩌면 그를 만나기 직전이나 직후일지도 모른다. 그렇다고 해서 그 만남이 있기 전, 운명이 대단한 전조를 울린 것도 아니었다. 운명은 그저 한 발자국 물러나서, 희미한 미소를 지으며, 우리 두 사람을 바라보고 있었을 뿐이다.

그도 그렇게 말했다. 나를 본 순간 어떤 열정이 심장으로 닥쳐왔고, 자신은 저항 한 번 해보지 못하고 거기에 굴복했다고. 그날 이후로 내가 없는 삶은 상상할 수도 없다고. 그의 열정은 너무나 강렬하여, 마치 사랑이 아닌 것처럼 보일 정도였다.

그리하여 결국 그 사랑이 시작된 이유에 대해서는, 큐피드의 화살이나 사랑의 묘약처럼 모호하고 무책임한 개념을 동원할 수밖에 없다는 것을, 나는 지금 막 깨닫는다.

"그렇다면 결국, 미묘하게 어긋난 타이밍, 부적절한 대화, 의도하지 않았으나 주게 된 상처들, 이런 것들이 헤어짐의 이유가 될 수는 없다는 결론?"

과학자가 말한다.

"그런 게 결론이 될 리 없어요! 난 받아들일 수 없다고요!"

나는 외친다.

"무엇이 잘못된 것인지 알아야 그걸 고칠 수 있고, 그렇게 해야 두 번 다시 같은 일을 반복하지 않을 수 있으니까? 그러기 위해서는 우선 뭔가 잘못된 게 있어야 하는 거고?"

과학자가 못을 박고, 나는 실망하여 고개를 떨어뜨린다.

"처음부터 그 사람을 만나지 말아야 했던 걸까요?"

이제 나의 목소리는 바람결처럼 잦아든다.

"그건 당신의 문제가 아니라는 걸, 당신도 알고 있을 텐데요. 그야말로 어떤 원인이 있어서 일어나는 결과가 아니니까. 그래서 난 사랑 어쩌고 하는 문제가 제일 싫어. 논리적으로 도무지 설명할 수가 없어. 차라리 이 제멋대로인 세계가 훨씬 그럴듯하지."

과학자 역시, 어쩐지 풀이 죽어 그렇게 말한다.

카페의 주인이 다시 와서, 비어 있는 컵 세 개를 채운다. 이번에는 거품이 이는 까만 액체다.

"남자들은 늘 오백 가지의 쓸데없는 일에 책임을 지려고 애를 쓰지만, 결정적으로 감정에 대한 책임을 져야 할 때는 도망을 가버려요. 결국 제대로 책임을 지거나 수습을 하는 일은 하나도 없고, 모든 것을 엉망으로 만들어놓을 뿐이죠. 그런 것쯤은 나도 잘 알고 있는데."

에스프레소처럼 보이는 까만 액체에서 애플민트 맛이 난다고 생각하며, 나는 그것을 단숨에 마신다.

"잘 알고 있지만, 또다시 누군가를 만나 사랑하고 헤어지는 일을 되풀이하게 되겠죠, 당신은."

예술가의 말에, 나는 체념의 한숨을 쉰다. 그 한숨에서는 레몬 향이 난다.

"마찬가지 아닐까요. 이 세계에서나 그 세계에서나. 말로 튀어나오는 것은 모조리 그 순간에만 해당하는 말. 사랑한다고 말하는 순간에는 정말 사랑하기 때문에 그런 말을 하는 거고. 하지만 누구도 감정에 대한 책임을 질 수는 없죠. 감정은 감정 자체로 태어났다 죽어버리는 것이니까. 그런데 이건 흑맥주야? 수선화 맛이 나는데?"

예술가가 과학자를 향해 말한다.

"글쎄, 내 건 파프리카 맛이야."

과학자가 대답한다.

모든 진실은 오로지 그 순간 속에 있다는 것을 믿지 못하면, 그리하여 변하는 모든 것에 대해 상처를 받고 미래를 두려워한다면, 우리는 두 번 다시 사랑에 빠질 수 없다. 말 속에 있는 또 다른 말, 눈길 속에 깃든 또 다른 의미, 감촉 안에 숨겨진 그의 과거와 미래를 생각한다면, 순간의 입맞춤은 당신에게 고통과 불안을 가져다줄 것이다.

이제 나는 생각한다.

'그러니까 내 잘못은 아니었던 걸까. 어떤 행동으로도 그 이별을 돌이킬 수는 없었던 걸까. 또다시 그런 일이 생길 수 있다는 걸 알면서, 또다시 이런 일들을 되풀이해야 하는 걸까.'

둥글고 따뜻한 눈물이 뺨 위로 흘러내리다가 문득, 입술 사이로 흘러들어 간다. 그 눈물에서는 조금 수줍은 듯한, 그러나 대담한 애플민트 맛이 난다. ♠

혼자서 허브티

"당신은 누군가가 필요해요. 그리고 나도 누군가가 필요하죠.
그게 당신과 나일 수 있을까요, 블랑시?"

—테네시 윌리암스, 『욕망이라는 이름의 전차』 중에서

* “정원이 온통 초록색이군. 너는 온통 하얀색이고.”

“이맘때가 제일 좋아요, 난. 일 년 중에 허브향이 가장 강한 계절이기도 하고.”

“그리고 늘 허브티군. 언젠가, 허브티에서는 금방 끝난 이별의 맛이 난다고, 말한 적 있지?”

“내가 그런 말을 했던가요? 잘 기억이 안 나요. 내가 써온 글들, 내가 한 이야기들, 내가 무엇인가에 붙여준 이름까지도. 하긴, 예전부터 그랬지만.”

“네가 어딘가로 떠나기 전이었어. 아주 먼 나라로, 아주 긴 여행을 가기 전.”

“아아, 그래요. 내가 짐을 싸다가 망연해져 있을 때 당신이 전화를 했어요. 무슨 이야기를 했는지는 잊어버렸지만. 그냥, 항상, 당신의 전화를 기다리던 일, 전화가 오고 아아, 당신이구나, 정말 당신이야, 생각했던 일만 남아 있어요.”

“전화, 안 하실 줄 알았어요, 그게 늘 너의 첫마디였어.”

“응, 정말로 그렇게 생각했으니까. 내가 그렇게 말하면, 당신은 왜? 한다고 했잖아, 하고 말했죠. 조금 화가 난 것 같은 목소리로.”

“쑥스럽기도 하고, 설명할 수 없는 그런 감정이 있어. 남자한테는.”

"그러면서 정말로 하고 싶은 이야기는 못하고, 언제나 다른 화제를 찾느라 분주했죠. 우리 둘 다. 사실 그럴 필요도 없었는데요."

"그래도 전화를 끊기 전에 너는 늘, 물어봤지. 내가 보고 싶어요? 나를 사랑하나요? 하고. 물어볼 필요도 없었는데."

"늘 궁금했어요. 그때 내가 지니고 있었던 것들은 모두 너무 허망해 보여서, 당신의 사랑까지도 그래서, 잠깐만 한눈을 팔면 금세 사라져버릴 것 같았거든요. 마치 아무 일도 일어나지 않은 것처럼 되어버릴 것 같았어요. 차라리 상처라도 나한테 남았으면, 그랬어요. 당신이 나한테 상처라도 입혀서, 나를 죽음으로 몰고 가기라도 했으면, 그랬어요."

"……너한테 할 수 없는 이야기들이 너무 많았어."

"당신 역시, 당신을 잘 몰랐을 테니까요. 알아요. 내 속에도 내가 모르는 무엇이 있었고, 지금도 있을 거예요. 태어날 때부터 갖고 있었지만 죽을 때까지 나타나지 않는 것도 있고, 원래는 없었지만 어느 순간 저절로 생기는 것도 있을 거예요."

"가볍고 순간적인 것들에 대한 욕망에서 벗어나, 영원하고 완전한 것들을 갈망하는 것. 너는 늘 그걸 원해왔지."

"……당신은 나에 대해 알고 있는 것이 거의 없다고 생각했는데."

"우리는 완전하지 않지만, 그러나 이 세계에는 완전에 이르는 길을 알려주는 것들이 있다고, 네가 그랬어. 바흐의 〈마태수난곡 제47곡〉을 들으면서."

"베드로가 예수를 세 번 부인한 이후에 흘러나오는 그 아리아…… 갈망의 끝이 평화에 이를 수 있다는 건, 얼마나 행복한 일일까요."

"너는 눈을 반짝이며 그 이야기를 했지. 행복한 얼굴로."

"그때, 나는 정말 행복했을까요?"

"글쎄. 어땠어?"

"나는 내 생에서 가장 소중한 사랑을 하고 있었지만, 그 소중함이 나한테는 너무나 벅차서, 아주 많이 불행하기도 했어요. 내가 정말로 행복했던 건 당신을 만나기 직전의 단 한순간이었을 뿐, 당신이 없는 동안에도, 심지어 당신과 같이 있는 동안에도 늘 불안하고 무서웠어요. 언제 깨어질지 모르는 유리공을 들고 험한 산길을 걸어가는 기분이었어요."

"그 정도일 줄은 몰랐는데."

"나는 너무 쉽게 약해졌고, 너무 쉽게 절망했어요. 하지만 그건 나의 본성과 어긋나는 것이라서, 어쩔 줄을 몰랐던 거예요. 나는 당신이 나의 환상이라고 생각했고, 실제로 그랬을지도 몰라요."

"환상이 아닌 사랑은 없다고, 언젠가 네가 그랬지."

"네. 어느 책에선가 그런 구절을 읽었죠. 하지만 인간은 환상을 현실로 바꿀 수 있는 힘을 지니고 있고, 그게 사랑이라고, 작가는 말했어요. 그러나 처음에 사랑이었던 것이 환상으로 변해갈 때, 내가 무얼 할 수 있었겠어요?"

"그래도 처음에 사랑이었다는 건 부정하지 않는군."

"나는 진실을 말하지 않고 진실이어야만 하는 것을 말해요. 그게 죄라면 달게 벌을 받겠어요, 라고 블랑시가 말했죠."

"진실일 수도 있고 아닐 수도 있다……?"

"나의 문제가 아니니까요. 그건 당신과 나의 문제였고, 당신은 처음부터 줄곧 완벽한 사랑의 모습을 나에게 보여주었으니까요. 나는 당신을 너무 믿었기 때문에, 당신이 보여주는 것이 전부라고 생각했으니까요. 그것 말고 다른 건 염두에 둘 수도 없었어요."

"……그건 사실이야."

"뭐가요? 처음부터 사랑이었다는 거? 아니면 내가 그렇게 보았기 때문에 그게 사랑이었다는 거?"

"뭐든, 좋을 대로 생각해."

"결국 당신 덕분에, 나는 이 세상에 존재하는 모든 사랑에 대한 항체를 얻어버렸어요. 나는 마음만 먹으면 다른 사람들,

아니 좀 더 정확하게 다른 남자들이 원하는 것을 줄 수 있었고, 그들을 유혹하고 내 멋대로 휘두르다가 미련 없이 안녕, 하고 얘기할 수 있게 되었어요. 그게 당신을 사랑한 대가로 내가 받은 벌이었어요. 그래서 나는 그 어떤 사람에게도 흥미를 가질 수가 없었던 거고."

"하지만, 너는 그 후에도……"

"왜 그때, 전화를 받지 않았어요?"

"어떤……?"

"마지막 전화."

"기억이 안 나는데."

"불행하게도 내가 살아서 눈을 뜬 그 화요일, 당신은 끝내 전화를 받지 않았어요. 그때 내 속에서 뭔가가 끝이 났어요. 당신에 관한 것이 아니고, 당신에 대한 사랑도 아니고, 그저 내 속의 뭔가가. 나는 울지도 않았어요. 후회하지 않으려고 입술을 깨문 채 눈을 크게 뜨고 침대에 누워 천장을 바라보는데, 뚝, 하고 뭔가가 끊어졌어요. 그리고 많은 것이, 너무 많은 것이 변해버렸어요."

"……"

"하지만, 불행하게도, 사랑은, 당신에 대한 기다림은, 아직도 끝이 나지 않았어요. 그러니까 조금만 견뎌주세요. 아무래도 이건, 내 삶이 끝날 때까지 끝나지 않을 것 같으니까요. ……그렇게 길지는 않을 거예요."

"……"

"그런데 당신, 나를 사랑하나요?"

그녀의 정원은 온통 푸르고, 혼자 앉아 있는 그녀는 온통 하얗다. 허브티에서는 아직도 금방 끝난 이별의 맛이 난다. 그녀는 백발을 쓸어 올리면서, 초점 흐린 눈으로 맞은편을 응시한다. 그 사람이 쑥스러운 미소를 지으며, 고개를 끄덕이고 있다. 아주 오래전에 그녀를 떠나버린, 그때 그 남자가. ♠

사프란 스토리

I'm just mad about Saffron.

Saffron's mad about me.

I'm just mad about Saffron.

She's just mad about me.

—Donovan, 〈Mellow Yellow〉 중에서

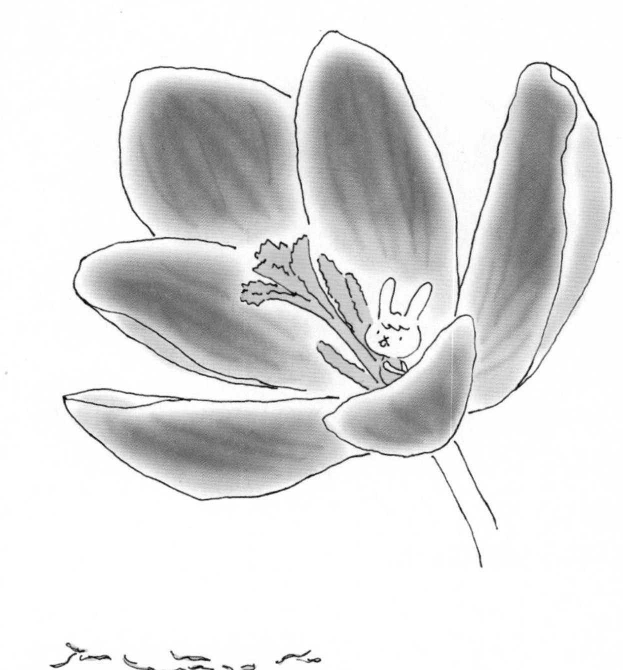

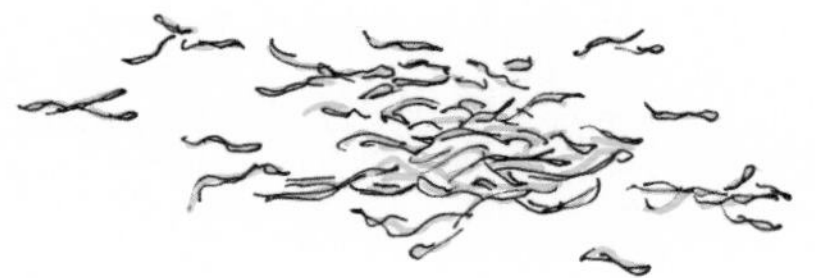

* 그래요, 좋아요. 이야기를 하다보면, 잠깐 잊을 수 있겠죠. 소음 때문에 머리가 깨질 것 같으니까. 위스키? 아뇨, 겨우 두 잔째인걸요. 내 이름은 사프란이에요. 맞아요, 사프란이라는 이름의 꽃이 있죠. 하지만 이름을 지어준 우리 엄마는 그런 꽃이 있다는 것도 몰랐대요. 언젠가, 누군가, 지중해의 가을은 온통 사프란 향기라고, 지나가는 말처럼. 그래서 그런 이름의 꽃이 있다는 걸 처음 알았지 뭐예요. 우연이겠지만, 저도 가을에 태어났어요. 그런데 여기, 너무 건조하지 않아요? 이상하게 약간 덥기도 하고. 오히려 조금 쌀쌀해야 정상이 아닌가.

사프란이 온도에 굉장히 민감하다는 거, 아세요? 기온이 0.2도만 올라도 꽃잎을 연대요. 온도의 변화를 적극적으로 수용하고 민감하게 반응하는 거죠. 아, 고맙지만 물보다 위스키를 한 잔 더 할게요. 얼음을 잔뜩 넣어달라고 해야겠어요.

미리 말해두지만, 그냥 시간이나 때우려고 그쪽과 얘기하는 거니까 오해는 하지 마세요. 이런 데서 처음 만난 사람과 얽히고 싶지 않거든요. 게다가 그쪽은 내 스타일도 아니고. 더 이상 드라마틱한 연애 같은 건 싫거든요. 지금까지 내 인생이 너무 드라마틱해서, 제발 이제 아무 일도 생기지 말았으면 좋겠다는 심정이에요. ……그래요, 그쪽한테는 굳이 숨길 이유도 없고 거짓말할 이유도 없으니까. 다시 만날 일은 없을 테니까요. 게

다가 여긴 좀 덥고, 말했잖아요, 난 온도에 민감하다고. 체온이 2도는 올라간 것 같아요.

새벽의 여신 에오스가 '사프란 빛 옷을 입은 여신'이라고 불렸던 거, 알아요? 새벽에 비치는 황금빛 햇살 때문이겠죠. 그런데 아프로디테가 에오스에게 저주를 내린 것도 알아요? 자기 애인인 아레스가 에오스와 사랑에 빠져버려서, 복수하려고. 그 저주라는 게, 언제나 사랑에 빠져 있게 하는 거였대요. 그래서 에오스는 사랑에 빠지지 않고서는 단 한순간도 견딜 수 없는 지경이 되어버렸어요. 그건 세상에서 가장 무서운 저주라고, 그 얘길 처음 들었을 때 생각했어요.

그렇지 않아요? 사람은 그렇게 살 수 없거든요. 사랑이 얼마나 많은 에너지를 요구하는데. 에오스는 여신이었으니까 그런 상황 속에서도 그럭저럭 살아갈 수 있었겠지만, 인간이라면 몇 년도 못 가서 죽어버릴 거예요. 하지만 태어날 때부터 누구의 저주 때문인지, 그런 식으로 살지 않으면 안 되도록 정해진 사람들이 있죠. 그런 사람들은요, 의식적으로 스스로를 격리시키지 않으면 안 돼요. 이를테면 사랑으로부터 자신을 완전히 분리해낸 다음, 아무것도 없는 동굴 같은 데다 마음을 가둬놓아야 해요. 하지만 마음이라는 건 형체가 없는 거니까, 단단한 철창도 튼튼한 자물쇠도 소용이 없죠. 툭하면 저 혼자 튀어

나와서 아무 데로나 흘러가버리고 말아요. 그때마다 발이 부르트도록 뛰어가서 그걸 다시 사로잡아 와야 하는 인생 같은 거, 상상해본 적 있어요?

……맞아요. 그래서 가끔 뒤도 안 돌아보고 어디론가 떠나야 해요, 그런 사람들은. 어떤 관계가 시작되려는 찰나에 떠나면 가장 좋지만, 어영부영 하다보면 뭔가 시작되어버리고 그러다가 떠날 시기를 놓친 적도 많았죠. 그런 일을 몇 번 겪고 나니까, 이제는 시작되기도 전에. 경험으로 얻은 나만의 생존방식인 거죠. 사실 이렇게 나 자신을 몰아넣지 않고도 관계를 끝내는 방법은 있어요. 끝을 낸다기보다, 저절로 끝나게 내버려둔다고 해야 하나.

글쎄요, 어떻게 설명을 할까. 예를 들어 그쪽과 내가 연인이라고 해봐요. 어디까지나 가정이지만. 그럼 나는 끝없이 그쪽에게 뭔가를 상기시키는 거예요. 처음에는 누구나 가지고 있었던 것, 하지만 살아가다가 잊어버린 것. 그런데 그건, 그쪽이 잊어버린 무엇은, 이곳에서는 도무지 찾을 수도 없고 잡을 수도 없는 거예요. 그렇지 않다면 살아가다가 잊어버리지도 않았겠죠. 그러니까 그건 삶과 공존할 수 없는 무엇인 거죠.

어떻게? 아니, 솔직히 나는 몰라요. '무엇'이라는 건 사람마다 다른 거고, 당사자조차 까맣게 잊어버렸을 정도로 감추어져 있는 건데, 내가 무슨 재주로 알아차리겠어요. 나도 항상 그게 이상했어요. 도대체 나의 어떤 부분이 그들의 잊어버린 무엇을 끄집어내는 건지. 그러다가 최근에야 알게 되었죠. 아주 오래전에 헤어졌다가 얼마 전에 우연히 만난 사람이, 말해 주었거든요.

……그림이라고 했어요, 그 사람은. 그러니까 이미지 같은 건데, 그림이라고 표현했어요. 그림이 보인대요. 나를 만날 때마다 하나의 그림이 떠오른대요. 처음에는 온통 안개에 싸인 것처럼 뿌옇지만, 갈수록 선명해진대요. 나중에는 이쪽이 그림이고 저쪽이 현실인 것처럼 생생하고 구체적이 되어서, 도저히 외면할 수가 없대요. 너무나 아름답고 눈부시고 투명해서, 그저 두고 볼 수가 없대요. 그러다보면 어느 날, 결심을 하게 되는 거예요. 그것이 없는 삶은 무의미하다는 확신이 생기는 순간 지금의 삶은 먼지가 되어버리는 거죠. 그다음에는 어떻게 하겠어요? 그걸 찾으러 가는 거지. 하지만 나와의 관계라는 것은 지금 이 삶의 토대 위에 세워진 거니까, 그들이 찾으려는 삶에 포함될 수가 없는 거예요. 간단하게 말하면 안녕. 지금의 삶과도, 나와도.

하지만 그렇게 끝이 나고 나면, 인생을 한꺼번에 다 살아버린 것 같아져요. 그래서 난 한동안 죽어 있어야 하는 거죠. 이 세계와 완전히 단절되어버리는 거예요. 그런데 그건 자발적인 도피와 달라서, 숨조차 쉬기 힘들 정도로 괴로운 날들이 언제까지나 이어지니까, 가능하면 거기까지 가지 않으려고.

이해하겠어요? ……이상하네요. 이런 이야기, 보통 남자들은 별로 재미없어 하는데. 하긴 그쪽과 나는 처음 만났으니까, 아직은 이야기를 들을 자세가 되어 있는 거겠죠. 뭐 난 아무래도 상관없지만. 그보다 위스키를 한 잔 더 마셔야겠어요. 그리고 잠깐, 눈 좀 감고 있을게요. 조금 피곤해졌거든요.

……에스파냐 중부에 있는 라만차라는 지명, 들어보셨죠? 네, 세르반테스의 『돈키호테』에 나오는 곳이죠. 풍차랑 포도나무랑 올리브나무랑…… 사프란과 치즈. 나는 오후 두 시에 느긋하게 점심식사를 하죠. 지난밤의 피로가 아직 남아 있지만, 기분 좋은 피로함이에요. 와인을 곁들여 마리스코 요리를 먹고, 신선한 우유와 커피를 마시죠. 식사가 끝나고 나면 시에스타, 환한 낮의 도시가 꿈을 꾸며 저녁이 오는 것을 기다려요. 밤 열 시에는 유쾌한 사람들과 함께 식탁에 둘러앉아, 지중해의 바람을 맞으며 저녁을 먹어요. 발렌시아의 쌀과 먹음직스러운 생선과 고기에 올리브오일을 듬뿍 넣고, 사프란을 넣어 향기와 빛깔을 내는 파에야, 마늘과 올리브오일로 볶은 안굴라스, 안달루시아의 수프 가스파초에 핑크빛 셰리주를 곁들여서.

파에야는 맛보다 향을 중요하게 생각하는 요리라는 거, 알고 있어요? 사프란의 암술대를 뜨거운 물에 담가 만든 노란 색깔의 향신료로 향과 색을 내는 거예요.

알아요, 그쪽이 나와 오늘 밤, 지중해식 저녁식사를 하고 싶어하는 거. 부야베스를 생각하고 있겠죠? 커다란 냄비에 양파, 마늘, 토마토, 파슬리, 월계수 잎, 말린 오렌지껍질과 회향줄기를 넣고, 조개와 새우, 게와 몸통이 단단한 생선을 토막 내어 얹고, 올리브오일을 듬뿍 붓고, 소금과 후춧가루, 아, 여기에도 사프란이 들어가죠. 재료가 다 잠길 정도로 물을 부어서 끓기 시작하면 이제 부드러운 생선을 넣고, 맛이 골고루 어우러지면 불에서 내려, 수프는 따로 담아내죠. 크루통을 곁들여, 차가운 화이트와인과 함께. 그런 걸 상상하지 않았나요? 내가 에스파냐를 떠올린 것처럼.

아무래도 여기, 온도가 너무 높아요. 몸에서 열이 나고 있거든요. 아, 그러니까 나를 처음 보았을 때 그쪽이 그림을 떠올린 건 이해가 가요. 그런데 어째서 그 속에 내가 포함되어 있는지 모르겠어요. 이런 경우는 거의 없었는데.

그래요, 그쪽을 보았을 때, 테이블 위에서 흔들리는 촛불, 격자무늬의 냅킨, 창틀을 흔드는 바람, 소박하지만 좋은 향이 나는 와인과 몇 가지의 요리가 떠올랐어요. 아페리티프로는 샴

페인에 크렘 드 카시스를 섞어 만든 키르 로얄이, 디저트로는 염소젖으로 만든 치즈와 에스프레소가 좋을 거예요. 하지만.

그쪽은 내가 무엇 때문에 망설이는지도 알고 있겠죠. 우리는 즐거운 시간을 보낼 테고, 어쩌면 사랑에 빠질지도 몰라요. 이렇게 행복했던 적은 없었다고 서로의 눈을 보며 속삭일 수도 있겠지요. 하지만. 나는 두려워요. 그림이 조금 더 선명해지면, 모든 것이 분명해지면, 지금 보이는 것들이 사라질 수도 있고 보이지 않던 것들이 나타날 수도 있으니까요. 온도 때문에, 사프란의 꽃잎이 너무 빨리 열린 걸지도 몰라요. 그쪽이 오래전에 잊어버린, 또 잃어버린 무엇을 내가 온전히 끄집어낸 다음에는 어떻게 하죠? 거기에 내가 없다면……?

그리고 그쪽에게 하지 않은 얘기가 있어요. 오래전에 나를 떠나 그 무엇을 찾으러 갔던 그 사람이 그랬어요. 끝내 그것을 잡을 수가 없었다고. 그러니까 나는 어쩌면 그들에게 환상을 보여주고 그것을 좇게 하는, 결국 모든 것을 잃어버리게 하는, 위험한 여자인지도 몰라요. 말했잖아요, 사프란은 그저 향과 색깔일 뿐, 실체가 아니라고. 그런데도 나는 끊임없이 사랑에 빠져야 하는 저주에 걸려 있고, 그 저주를 실현시키기 위해 수많은 남자들이 내 주위를 맴돌고 있는 거죠. 그래요, 나의 마음을 가두어놓기 위해 떠나는 도중에 그쪽을 만나버린 거예요.

나도 나의 운명이 지긋지긋하지만, 내가 어떻게 할 수는 없는 문제니까. 무슨 이야긴지 몰라요? 내가 동화라면, 그쪽에게는 저주를 풀 마지막 왕자가 될 가능성이 있을지도 모르지만, 불행히도 나는 현실이라니까요.

……이제 곧 도착할 시간이네요. 고마웠어요. 그쪽 덕분에 이제 머리도 아프지 않고. 소음도 신경 쓰이지 않았고. 아뇨, 이곳은 처음이에요. 공항을 나가서, 눈에 띄는 버스를 타고 어디로든 가면, 숙소는 쉽게 찾을 수 있겠죠. 그리고 전……

……좋아요. 그다음은 부야베스를 먹으면서 생각하기로 하죠. 지금 저한테 제일 필요한 건 지중해의 바람이니까요. ♠

두 번째 사랑을 위한 레몬 치즈 수플레

너의 사랑이 끝난 그 시간, 그 장소,
그 웅성거리는 불길 곁에서
어쩔 수 없는 나의 사랑이 시작되었다.
쉽지 않다, 내가 너의 두 번째 연인이라 해도.
쉽지 않다, 네가 나의 두 번째 운명이라 해도.

＊"뭘 만들고 있어?"

당신이 물었다.

"레몬쿠키."

나는 대답했다.

당신은 기뻐했다. 나는 슬펐다. 당신이 너무 어려서 슬펐고, 너무 아름다워서 슬펐다. 당신은 늙어갈 테고 아름다움은 사라질 거라서 슬펐다. 그런 당신에게 가까이 있고 싶은 마음이 반, 멀어지고 싶은 마음이 반이었다. 그 모순이 나로 하여금 당신을 사랑한다고 믿게 만들었다. 어쩌면 당신의 존재 자체가 모순이었다. 스스로에게 모순이었고 세상과 모순이었고 나에게 모순이었다. 나는 그 모순이 너무너무 사랑스러웠고, 너무나 견디기 힘들었다.

"맛있겠다."

당신이 말했다. 나는 장담할 수가 없었다. 세상에 태어나서 그때까지, 레몬쿠키 같은 건 구워본 적이 없었기 때문이었다. 그런 걸 만들 수 있다는 이야기를 들은 적은 있었다. 어쩌면 어디선가 한입 깨물어 먹어본 적도 있을지 모르겠다. 그러나 그건 나의 레몬쿠키가 아니었고, 그래서 무슨 맛이라고 표현할 수도 없었다.

나는 불안했고, 그래서 다른 이들의 레시피를 살펴보았다.

죄다 비슷비슷해 보였지만, 조금씩 미묘하게 달랐다. 아예 보지 않는 게 좋았을 텐데, 내 머릿속은 수백 가지 레시피들로 인해 뒤죽박죽이 되어버렸다. 그런 사정과 상관없이, 당신은 레몬쿠키가 완성되기를 기다렸다. 그것이 제대로 구워지기를, 먹음직스럽게 보이기를, 달콤하고 새콤한 맛이 나기를 기대했다. 그것은 당신의 레몬쿠키라고 생각했으니까.

단 한 번도 같은 요리를 만들어본 적은 없었다. 나는 오래전부터 요리를 해왔고, 지금도 매일 요리를 하고 있다. 하지만 그 어떤 요리에도 두 번째는 없었다. 나에게는 정해진 레시피가 없기 때문이다. 사야 할 것들의 리스트를 들고 마트에 가본 적도 없고, 일주일 식단은커녕 당장 삼십 분 후에 점심이나 저녁으로 뭘 먹을지도 결정하지 않는다. 이런저런 요리를 만들어야겠다는 작정 같은 것도 당연히 없다. 그냥 손닿는 곳에 있는 재료들을 꺼내어, 손닿는 곳에 있는 기구들로 조리를 하고, 손닿는 곳에 있는 소스들로 맛을 낸다. 그러니 같은 요리가 태어날 가능성은 한없는 제로에 가깝다. 완성된 요리가 의외로 깜짝 놀랄 만큼 맛있다고 해도, 그것을 입에 집어넣을 때쯤엔 어떻게 만들었는지, 무엇을 넣었는지 잊어버리기 때문에, 재현은 불가능하다.

그런데 한편 이런 생각도 든다. 설사 그 요리에 들어간 재료들의 무게를 일일이 달아두고 시간을 재고 과정을 세밀하게 기록한 다음 그대로 따라한다고 해서, 똑같은 요리를 만드는 것이 가능할까? 소금 한 톨에도 자신만의 시간과 무게와 온도가 존재한다. 성장 과정을 이루는 과거와, 세계와 접촉하는 현재와, 고유의 에너지를 동력으로 삼아 나아가려 하는 미래가 있다. 그렇다면 처음의 것과 동일한 요리를 만들기 위해서는, 소금 한 톨 속에 존재하는 모든 것들을 계산한 다음, 나머지 재료들 속에 존재하는 모든 곳을 더해야 한다는 것이다(더욱 나쁜 경우에는 곱해야 할 가능성도 있다). 그것으로도 충분하지 않다. 또한 빼놓을 수 없는 것은 내가 지니고 있는 시간과 무게와 온도, 나를 둘러싸고 있는 이 세계의 시간과 무게와 온도, 그리고, 아, 그래, 당신이 있다.

하지만 당신과 당신을 둘러싼 모든 세계를 요리 속에 포함시키는 순간, 답은 영원히 사라진다. 내가 구하는 값은 이제 더하기나 곱하기로 해결되지 않는다. 고등학교 졸업과 동시에 저 먼 우주로 던져버린 루트와 함수, 미적분과 방정식으로도 만족할 만한 성과를 올리지는 못한다. 당신은 양수이자 음수이고, 플러스이자 마이너스이고, 실수이자 허수이기 때문이다. 당신은 모순이기 때문이다. 그리고 어차피 나는 같은 요리를 만들어본 적도 없고, 어차피 만들 수도 없다.

그리고 이상한 일이 일어났다. 내가 그토록 레몬쿠키에 집중해 있을 때, 당신은 외로웠다. 당신이 그토록 외로웠을 때, 나는 레몬쿠키에 모든 관심을 쏟았다. 내가 당신을 사랑하는 건지 레몬쿠키를 사랑하는 건지 알 수 없어졌다. 그리하여 레몬쿠키가 마침내 완성되었는지, 그것이 먹음직스럽게 보였는지, 쿠키에서 달콤하고 새콤한 맛이 났는지, 그 모든 문제들에 대해, 당신도 나도 관여할 수 없게 되어버렸다. 우리는 자격을 잃었다.

두 번째 사랑이 시작되었을 때, 나는 늘 그랬듯이 손닿는 곳에 있는 재료들을 뒤적이며, 이걸로 뭘 만들 수 있을까 생각했다. 만들어야 하는 것이나 만들고 싶은 것은 생각하지 않았다. 그게 무엇이든, 첫 번째 사랑으로부터 이월된 재료를 가지고 만들 수 있는 것이어야겠지만, 그래도 당신을 보고 있자니, 뭔가 폭신하고 뭔가 부드럽고 뭔가 물기가 많은 것을 만들고 싶어졌다.

"레몬 치즈 수플레."

당신은 그 이름을 마음에 들어했다. 달콤하고 새콤하고, 거기에다 이번엔 깊은 맛을 내는 무엇이 거기에 있었다. 재료는 크게 달라지지 않았지만, 한두 가지가 첨가되고 한두 가지가 빠졌다. 설탕의 양은 조금 줄었고, 굽는 시간은 조금 늘었다. 달걀흰자로 만든 머랭과 크림치즈가 들어간 반죽의 색깔은 첫 번째 것보다 조금 더 진했다. 무엇보다 그건, 충분히 부드러웠다. 손으로 건드리면 스르르 저항도 없이 바스러질 만큼.

당신이 떠나고 나도 떠난 후 홀로 남겨진 레몬쿠키를 생각하며, 레몬 치즈 수플레가 그와 같은 운명이 되지 않도록 나는 주의를 기울였다. 채소와 해물과 날치알이 어우러진 샐러드를, 사과와 햄과 치즈를 올린 크래커를, 와인이 담긴 두 개의 잔을, 한없이 달콤한 쇼트케이크를, 수플레 곁에 놓아주었다. 틀에서 빼낸 수플레는 그 모양새가 조금 흐트러졌지만, 다행히도 우스꽝스러운 곰 모양의 장식 때문에 한결 느긋해 보였다.

그리고 나는 기다렸다.

당신이 와주기를.

나는 기다렸다, 기다렸다, 기다렸다, 기다……리다 깨달았다.

내가 당신을 부르지 않았다는 사실을.

폭신한 수플레를 꾹 눌러 깊은 손가락 자국을 남기면서, 나는 생각했다. 나는 이미 실패한 걸까. 또는 아직 실패하지 않은 걸까. 하지만 그래봤자 수플레인데. 스스로를 위안하기 위해 그런 말을 내뱉었다가, 나는 곧 후회했다. 당신이 들었다면

화를 낼 일이었다.

그래도 말이야, 나는 허공에 대고 변명을 한다. 수플레를 만들지 못했다고, 잘못 만들었다고, 그걸 당신과 나눠 먹지 못했다고, 내가 죽는 건 아니잖아. 영원히 다른 수플레를 만들지 못하는 것도 아니잖아.

그래도 말이야, 나는 마음에 대고 덧붙인다. 두 번 다시 나는 똑같은 수플레를 만들진 못할 거야. 그건 당신을 위한 수플레였으니까. 당신은 나를 너무 잘 알고 있지. 그 사랑이 이월된 재료들로 만들어진 건 아닌지 의심을 가진 것도 당연해. 당신이 의심하고 있기 때문에 나는 당신에게 말할 수가 없었어. 내가 수플레를 구웠다고.

하지만 말이야, 나는 수플레에 대고 속삭인다.

세상에 이월된 사랑은 없어.

모든 것이 단 한 번, 단 한순간, 단 하나의 무게와 온도와 질감과 속도니까. ♠

에필로그를 대신하여

지극히 사적일 뿐 아니라 누구도 검증하지 않은

요리와 음식에 관한 연보

* 한 살 돌이 지날 무렵 젖을 떼고 이유식을 시작했다(고 한다). 시작은 했으나 제대로 먹지를 않아 날로 야위어갔다(고 한다). 어린 아기를 포대기에 싸서 한약방에 데려간 엄마, "개구리를 달여 먹여라"는 처방을 받았다(고 한다). 놀랍게도 그 처방은 엄청나게 효과적이어서 그날 이후 가리는 음식 없이 주는 대로 받아먹고 지금까지 튼실하게 성장했다(고 한다).

* 여섯 살 태어나보니 이모가 둘이었는데, 이 이모도 이모고 저 이모도 이모라는 사실이 무척 혼란스러웠던 나는, 이모들에게 각각 노랑이모, 빨강이모라는 이름을 붙여주었다(고 한다). 학교에 들어가기 전 기특하게도 한글을 깨우친 나는 이모들에게 사심이 가득 담긴 편지를 쓰기 시작한다. 편지의 주된 내용은 "노랑이모(또는 빨강이모), 나 예뻐? 그런데 다음에 올 때 초콜릿 사다주세요"였다. 어린 조카가 마냥 귀여웠던 이모들은 초콜릿을 아주 많이 사다주었다.

* 여덟 살 학교에 들어가보니 '받아쓰기'라는 게 있었다. 불러주는 대로 연필로 꾹꾹 눌러 써서 제출하면 선생님이 빨간 색연필로 채점을 해서 돌려주었다. 백 점을 받으면 아빠가 단추초콜릿을 사다주었다. 학업에 열중하다가(응?) 가끔 감기에 걸리면 엄마가 바나나를 사다주었다. 백 점을 받은 날 감기에 걸리면 일석이조.

* 열세 살 도시락 까먹는 재미를 알게 되었다. 늘 빠지지 않았던 반찬은 조그마한 유리병에 담긴 약간 덜 익은 깍두기였다. 나는 지금도 덜 익은 깍두기와, 깍두기 국물에 밥을 쓱쓱 비벼먹는 걸 좋아한다. 엄마가 깍두기와 함께 갖가지 반찬을 싸주었는데, 말했듯이, 한 살 이후부터 난 뭐든 주는 대로 잘 먹었다.

* 열네 살 밥도 할 줄 모르는 주제에 전국의 여중생들을 대상으로 하는 '가사실습대회'에 참가하게 되었다. 그때만 해도 성냥으로 불을 붙여야 하는 프로판 가스를 사용하던 시대였다. 난 꽤 모범생이었기 때문에 성냥 같은 걸 갖고 놀며 불장난 같은 걸 해본 적이 없었다. 그래서 우선 성냥 켜는 연습에 열을 올렸다. 당연한 수순으로 성냥만 보면 불을 붙여야 한다는 강박관념이 무럭무럭 자라났고, 때와 장소를 가리지 않고 성냥만 보면 덤벼드는 위험한 여중생이 되었다. 전생에 '성냥팔이 소녀'는 아니었을까 하는 공상에 잠겨, 처연한 심정으로 성냥에 불을 붙이던 그날이 기억난다. 꺼져가는 성냥을 하염없이 바라보다 문득 서러운 마음이 일어—왠지 성냥이 꺼지면 추울 것 같았다—불똥이 남아 있는 성냥을 도로 성냥갑에 쑤셔 넣는 순간, 화려한 불꽃이 치솟았고 친구들의 처절한 비명이 울려 퍼졌다. 마침 근처에 놓여 있던, 비커에 들어 있는 물을 들이부어

가까스로 화재를 모면했다. 나는 엄동설한의 캄캄한 거리에 서 있는 게 아니라, 위험하고 수상한 액체가 담긴 병들이 줄줄이 서 있는 과학실에 있다는 사실을, 하마터면 학교를 홀라당 태워먹을 뻔했다는 사실을 뒤늦게 깨달았다. 그런데 그때 그 비커에 물이 아니라 알코올이 들어 있었다면 어떻게 되었을까.

* 스무 살 대학생이 되어 서울생활을 시작했고, 하숙집과 기숙사와 자취생활로 이어지는 대장정을 시작했고, 남의 밥 얻어먹는 일이 보통이 아니라는 무서운 현실을 깨닫기 시작했다.

* 스물두 살 기숙사에서 매일 밤 열두 시에 친구들과 함께 오순도순 라면을 끓여 먹고 포동포동 살이 쪘다. 그때 이후 지금까지 라면을 멀리하고 있다.

* 스물세 살 자취방을 구하고 손바닥만 한 밥솥을 어디선가 얻었다. 비로소 내 손으로 음식 비슷한 것을 만들기 시작했다. 고양이에게 생선을 빼앗긴 슬픈 사건이 이때 벌어졌다.

* 스물다섯 살 두 번째인가 세 번째 직장에서 서른다섯 권짜리 요리 무크 만드는 일을 시작했다. 어린아이 다짜고짜 물에 빠뜨려 수영을 가르치듯, 쥐뿔도 모르는 나를 다짜고짜 일선에 투입시킨 데스크에게 존경의 마음을 전한다. 그 용감한 결단 뒤에는, 나의 숨겨진 재능을 알아차린 그분의 특별한 능력이 있었을 것이다. 덕분에 나는 서른다섯 권 곱하기 서른 가지 요

리, 즉 일천오십 가지 요리를 코앞에서 목격하는 행운을 누렸다. 요리를 만들어주신 분은 당시 한창 일선에서 활발하게 활동하시던 요리연구가 전정원 선생님이었는데, 더할 수 없이 마음이 곱던 선생님 곁에 찰떡처럼 붙어 서서 그 고운 손끝을 통해 아름다운 요리들이 태어나는 과정을 나는 낱낱이 지켜보았다. 촬영용 요리는 맛보다 때깔이 중요하기 때문에, 사진에 나오지도 않는 소금간 같은 건 하지 않는 것이 보통이다. 사진을 찍을 때도 윤기를 내기 위해 물을 뿌리거나 기름을 바르기 때문에, 촬영이 끝나면 그 요리의 생명도 끝, 그대로 버려지는 운명인 것이다. 하지만 전정원 선생님은 "음식을 버리면 안 되지요"라고 하시면서 하나하나의 맛을 살려 정성껏 요리를 하셨다. 덕분에 촬영이 끝나고 나면 항상 파티가 벌어졌다. 그것도 모자라 "혼자 살면서 잘 챙겨 먹어야지" 하시며 이것저것 잔뜩 싸주시는 바람에, 빈손으로 돌아간 적이 없었다. 요리가 끝나는 동시에 조리대와 싱크대에 물기 하나 남아 있지 않도록 깨끗이 정리하는 자랑스러운 습관 역시 선생님께 배웠다. 내가 이 정도라도 요리를 하게 된 것은, 모두 선생님 덕분이다. 요리를 잘하지는 못해도 즐길 줄 알게 되었고, 그래서 자꾸 하게 되었고, 그러다가 조금씩 실력이 늘게 되었고, 급기야 이런 요리책(이랄까?)까지 쓰게 된 것이다. 이쯤 되면 모든 일에는 이유가 있다는 이야기를 믿지 않을 도리가 없다. 운명도 생각보다 제멋대로는 아닌 듯하다.

* 스물일곱 살 서울에서 조금 밀려나 경기도 어디쯤에 잠시 살았다. 집으로 가는 길은 온통 논이며 밭이었는데, 여름철이면 흥얼흥얼 걸어가다 풋고추도 두어 개 따고 깻잎도 서너 장 따고, 그런 재미가 있었다. 어쩌다 마주치는 논과 밭의 주인들은, 서너 개 더 따가라며 허허 웃던 인심 좋은 분들이어서, 굳이 서리라 할 것도 없었다. 집 앞 텃밭에 꽂아둔 파는 한낮의 햇살 아래 쑥쑥 자라났고, 비 오는 밤이면 개구리가 무덤 떠내려간다고 개굴개굴 울어댔다. 휴일이면 요리책 만들 때 기억을 더듬어 갖가지 음식을 재현하곤 했는데, 그중에서도 김치 담그는 것이 즐거웠다. 총각김치, 배추김치, 백김치, 물김치, 나박김치, 열무김치 등을 종류별로 담갔을 때는 나 자신이 몹시 대견했다. 한번은 늙은 호박을 사다가 호박죽을 한 솥 끓여놓고 대책이 없어 온 동네에 죽을 돌린 적도 있다.

* 약 오 년 전 빵집 앞을 지나가다가 빵 굽는 냄새에 넋이 빠져 『제과와 제빵』이라는 책을 충동적으로 구매했다. 내친 김에 제과와 제빵 재료들을 살 수 있는 가게로 쳐들어가서 수억을 들여 각종 조리기구와 재료를 구입했다. 빵, 쿠키, 초콜릿까지 섭렵한 후 토실토실 오르는 살을 방치할 수가 없어, 눈물을 머

금고 조리도구들을 싱크대 안쪽에 고이 쑤셔 넣었다.

* 현재 머릿속이 복잡할 때, 쓰던 글이 잘 안 풀릴 때, 괜히 마음이 헛헛할 때, 바람이 살랑살랑 불 때, 비가 주룩주룩 올 때, 햇빛이 반짝반짝 빛날 때, 날이 어둑어둑 저물 때, 친구들이 룰루랄라 들이닥칠 때, 나는 요리를 한다. 김치를 담그고 나물을 무치고 국을 끓이고 생선을 굽고 고기를 재고 파스타를 삶고 알록달록한 소스를 만든다. 집 안은 맛있는 냄새로 가득 차고 냉장고는 싱싱한 반찬들로 가득 차고 나는 흐뭇한 마음으로 가득 찬다. 좋은 벗들과 좋은 음식을 나누는 일, 그것으로 이 생이 차고 넘친다.

39 delicious stories & living recipes
위로의 레시피

초판 1쇄 발행 2011년 5월 25일
초판 5쇄 발행 2015년 2월 10일

지은이 황경신
일러스트 스노우캣
펴낸이 김철식
디자인 김수명
펴낸곳 모요사
출판등록 2009년 3월 11일(제410-2008-000077호)

주소 411-762 경기도 고양시 일산서구 가좌3로 45 203동 1801호
전화 031-915-6777
팩스 031-915-6775
이메일 mojosa7@gmail.com

인쇄 (주)중앙문화인쇄
제책 천일제책사

ISBN 978-89-97066-00-1 03810